天翔ける

葉室 麟

角川文庫
22561

目次

天翔ける

一

文久《ぶんきゅう》三年（一八六三）五月──
越前福井《えちぜんふくい》藩の家中は異様な緊迫感に包まれていた。
前藩主、松平春嶽《まつだいらしゅんがく》が知恵袋としてきた学者の横井小楠《よこいしょうなん》が、藩兵四千を率いての、
──挙藩上洛《じょうらく》
を行うべきである、と唱えて藩内を騒然とさせていたからだ。
小楠は肥後《ひご》熊本《くまもと》藩の家臣だったが、その学才は天下に聞こえており、春嶽は熊本藩に頼み込んで借り受けていた。小楠は儒学を究めるとともに、経済に関心が深く、
──民富《みんぷ》
を唱えた。民が富まなければ藩の発展もないとしたのである。福井藩に招かれてからは、絹や生《き》糸《いと》を増産させて長崎で売却して農民に還元するという富国策で大きな利益を上げていた。
そんな小楠が上洛策を考えるにいたったのは、この時期、朝廷から攘夷《じょうい》を迫られた

将軍徳川家茂《とくがわいえもち》が上洛していたが、尊王攘夷派が猛威を振るい、幕府は圧迫されるばかりで政治が混乱していたからだ。

尊攘派は佐幕派と見られる公家《くげ》や武士、商人を殺戮《さつりく》する天誅《てんちゅう》や、張り紙、檄文《げきぶん》での恫喝《どうかつ》を行っていた。朝廷では尊攘派の三条実美《さんじょうさねとみ》、姉小路公知《あねがこうじきんとも》らが我が物顔に振る舞い、長州《ちょうしゅう》藩や土佐《とさ》藩の激徒の意見が朝政をも動かしていたのだ。

春嶽は前年まで京にのぼっていた。

尊攘派は幕府に攘夷決行の日を決めるよう迫っており、幕府側は窮していたのだ。

入京した春嶽はこのような情勢を見て、幕府と朝廷がそれぞれ政令を出しているための混乱を解消するには、もはや幕府は政権を返上するか、あるいは朝廷が改めて幕府に政権を委任するかして、政令が一ヵ所から出されるようにするしかないと主張した。しかし、幕閣はこれに反対した。

春嶽はこのような事態に失望し、三月二十一日、幕府の政事総裁職《せいじそうさいしょく》を辞して帰国した。その後、老中水野忠精《みずのただきよ》は春嶽に、

――総裁職御免、逼塞《ひっそく》仰せつけられ候

とする達書《たつしがき》を届けてきた。

辞職が認められず、処分されたのである。福井城本丸の御座所で達書に目を通した春嶽は、憂い顔で、書状を畳みながら、

「やれやれ、誰もわかってはくれぬようだな」
とつぶやいた。春嶽としては、家茂にも、将軍職を辞して江戸へ戻ってもらいたかったのだ。

春嶽はこの年、三十六歳。額が広く鼻が高く、あごがしっかりとした俊秀な顔つきをしている。鼻が優美で顔立ちが端整であるとして、

――鋭鼻《えいび》公

のあだ名があった。徳川御三卿《ごさんきょう》の田安《たやす》家に生まれたが福井藩主松平斉善《なりさわ》が病没した際、将軍家慶《いえよし》の命でわずか十一歳で越前家を継いだ。

幼いころから聡明で知られ、長じては政《まつりごと》の見識が鋭く、島津斉彬《しまづなりあきら》、伊達《だて》宗城《むねなり》、山《やま》内容堂《うちようどう》らとともに、

――賢侯

として天下に知られてきた。御三卿の出であり、親藩の藩主でもあることから幕府における存在は大きく、その進退は幕府だけでなく尊攘派からも注目されていた。

この時期、幕府は、前年八月に薩摩《さつま》藩主島津忠義《ただよし》の実父、久光《ひさみつ》が江戸から京都に戻る途中、横浜《よこはま》近郊の生麦《なまむぎ》村で行列をさえぎったイギリス人を殺傷した生麦事件での賠償を求められていた。

このため外国艦隊が大坂《おおさか》まで押しかける様子があり、予断を許さなかった。

尊攘派は天皇を擁して攘夷戦を決行しようとしており、まさに一触即発の状態とも言えた。それだけに思い切った手を打たねばと焦慮してきたのだが、春嶽の主張するところはことごとく退けられた。

こうして春嶽は福井に戻ったのだが、将軍家茂は江戸に戻ることもできず、しだいに追い詰められていた。

家茂は当初、十日間の滞京予定だったが、朝廷によりずるずると引き留められた。そして三月十一日の賀茂《かも》行幸の際、家茂は天皇に供奉《ぐぶ》した。さらに四月十一日には石《いわ》清《し》水《みず》八幡宮への行幸も行われた。この時は、病気を理由に、家茂は随行しなかった。尊攘派が天皇から家茂に攘夷の節刀を授与することで攘夷を誓わせようとしているのを察知したからだ。しかし、三条実美ら尊攘派公家はなおも猛烈に攘夷を迫り、家茂はついに五月十日を期して攘夷を決行すると奉答した。

そして久《く》坂《さか》玄《げん》瑞《ずい》たち長州尊攘派は京から国元に戻ると、五月十日深夜にアメリカ商船に砲撃を加え攘夷戦の火ぶたを切った。

この報《しら》せを聞いた尊攘派公家は何がなんでも家茂に攘夷戦を始めさせようとしていた。

家茂は五月十日には江戸に戻ることを願い出たが朝廷の許しはいまだに出ていなかった。

(将軍家を一刻も早く江戸に戻さねばならぬ)

春嶽は何か方策はないものかと頭を悩ませていた。

だからこそ、小楠は兵を率いて京に上り、尊攘派激徒を制圧、公論によって事態の収拾を図ろうと考えたのだ。

小楠は尊攘派の専横に対して、諸大名が力を合わせ、雄藩連合によって広く人材を登用しての国論統一を目指していた。

春嶽が政事総裁職になった際、小楠は献策した〈国是《こくぜ》七条〉で、

——大いに言路を開き、天下とともに公共の政を為せ

と説いている。具体的には、四千の兵を率いて上洛、長州など尊攘派激徒を朝廷から除いて広く公論を行う会議を招集しようというのだ。

政権奪取のためのクーデターではなく、尊攘派が朝廷を牛耳る異常事態を正常に戻し、さらに広く世論を聞こうというのが目的だった。小楠は藩の重役に、

「大議論を立て、暴論を取り鎮める覚悟でござる」

と明言していた。

挙藩上洛についてはこれまで小楠とともに福井藩の藩政改革を進めてきた松平主馬《しゅめ》、

牧野《まきの》主殿介《とのものすけ》、村田《むらた》氏寿《うじひさ》、堤《つつみ》正誼《まさよし》、青山《あおやま》小《こ》三郎《さぶろう》たちが賛同していた。中でも小楠の愛弟子ともいうべき、

――三岡《みつおか》八郎《はちろう》（後の由利《ゆり》公正《きみまさ》）

は熱心に藩士たちを、

「わが国を救うにはこれしかござらんぞ」

と説いてまわった。小楠の計画によると、春嶽と藩主茂昭《もちあき》を押し立てて、精兵四千を五隊に分け一番手を家老の本多《ほんだ》飛騨《ひだ》、二番手を松平主馬、三番手を藩主茂昭が自ら率いる。さらに四番手を春嶽、五番手を家老の岡部《おかべ》左膳《さぜん》、側用人の酒井《さかい》十之丞《じゅうのじょう》がそれぞれ率いることになっていた。

京の地の利を得るために本陣を比《ひ》叡山《えいざん》に置き、さらに伏見《ふしみ》にも布陣し、比叡山と伏見の間に三千の軍兵を配するという軍略が練られていた。

しかし、小楠の提唱する挙藩上洛が家中に熱い興奮を巻き起こす一方で、事態についてひややかに見る藩士もいた。

――中根《なかね》靫負《ゆきえ》

である。靫負は代々、七百石を知行する寄合席の上級藩士、中根家に生まれた。今年、五十七歳になる。春嶽が藩主となったときから側近として仕え、自ら、

——この身はこの君に致すべき事

と思い定めてきた。福井藩の名臣として諸藩にも知られ、小楠とともに春嶽を支えてきた。だが、そんな靫負が小楠の唱える挙藩上洛には、

「時期尚早である」

として反対していた。いま、靫負は京に入り、情勢を探っており、間もなく帰国して意見を述べることになるが、小楠との対立はすでに明らかだった。

靫負は挙藩上洛については、

「言うは易く、行うは難《かた》し」

と見ていた。長州藩を京から追い落とせば、いずれ軍事衝突となることは避けられず、火中の栗を拾わねばならない。

御三卿出身で名門福井藩の前藩主である春嶽がなすべきことではない、と靫負は考えていた。

春嶽は靫負が京から戻った後に決断しようと考えていたが、家中は小楠の熱弁に煽《あお》られるまま、上洛論が沸騰していた。これを抑えることができるかどうか。

福井藩が挙藩上洛して政局を動かすことは、幕府になり代わって長州藩と対決することであり、徳川宗家を越えて新たな政権を立てることにもつながる。小楠が説く理

想はわかるが、はたして自分にそこまでのことができるだろうか。尊攘派激徒を抑えきれず、火に油を注ぎ、内乱へと発展するかもしれない。

（難しいところだ）

この日、春嶽は御座所で物思いにふけっていた。

春嶽は御座所から中庭に目を遣りつつ思案していた。そこへ近習《きんじゅう》が来て、幕府の軍艦奉行並《なみ》、勝安房守《かつあわのかみ》の使いが来ている、と言上した。

勝安房守は名を義邦《よしくに》、号して海舟《かいしゅう》という。

昨年七月、春嶽が政事総裁職に任じられたとき、一橋慶喜《ひとつばしよしのぶ》が将軍後見職となり、会《あい》津《づ》藩主松平容保《かたもり》が京都守護職となった。

いずれもこの年六月、島津久光に奉じられて勅使大原重徳《おおはらしげとみ》が江戸に下り、幕府の組織改革を求めたのに応じた人事だった。この際、軍艦操練所頭取だった勝が軍艦奉行並に登用された。

尊攘運動の高まりと諸外国からの圧力に対応するための幕府の新体制だった。春嶽と勝はいわば新体制での同僚だった。勝は軍艦奉行並に就任するなり、家茂の御前会議でこれまでの大量の幕府軍艦建造による沿岸防備計画について、

「実現までに五、六百年はかかります」

とあからさまに批判した。老中たちは勝の大胆な発言に顔をしかめた。勝の主張は、

すでに海軍を持つ肥前佐賀《ひぜんさが》藩、薩摩藩、伊予宇和島《いようわじま》藩などと協力して、共有の海軍を造ることだった。このことを勝は春嶽に、

——天下の海軍を立て、普《あま》ねく諸藩と士民とを論ぜず、人物を集め、其器に応じ将となし、士となし、門地の旧弊を止め、学術を以《もっ》て募り、皇国興起の一大海局と成さんこと

と述べていた。春嶽が目指している雄藩連合を海軍の形で行おうというのだ。春嶽は勝の意見に賛同していた。それだけに、春嶽が京から去ったことは、勝を困惑させているに違いない。

「会おう」

春嶽がひと言発すると、近習は当惑したように、

「それが、勝様の使いは旗本ではなく、浪人体のすこぶるむさくるしい面体の者でございます」

と告げた。春嶽は勝の使いが浪人であることには驚かなかった。勝が私塾を開き、そこには諸国の藩士だけでなく浪人も受け入れていることを知っていたからだ。身分や家柄に関わりなく人材を登用すべきだ、という勝の考えによるものだった。

春嶽自身、これまで藩医の息子である橋本左内《はしもとさない》や肥後熊本藩、百五十石の家に生まれた横井小楠を用いてきた。

だが、国許《くにもと》だけに身分のあつかいを軽んじるわけにはいかない。春嶽は少し考えてから、

「中庭の東屋《あずまや》で会おう。それから横井を呼んでおけ」

と命じた。

勝が何の用で使者をよこしたかはわからない。しかし、いずれにしてもいま福井藩に挙藩上洛の動きがあることは察しているだろうから、小楠から話させようと思った。

春嶽がしばらくしてから中庭の池のほとりにある東屋に赴くと、すでに小楠が来ていた。小楠はこの年、五十五になる。眉間が広く、鼻が大きい、頬骨が出てあごがしっかりした顔つきだ。かたわらに羽織袴《はかま》姿の蓬髪《ほうはつ》のように髪が縮れたたくましい体つきの漢《おとこ》が立っている。春嶽は東屋の床几《しょうぎ》に腰かけると、ふたりにも床几に座るように言った。

殿中ではないから対等の礼をとったのだ。すると浪人は恐縮するでもなくどっかと床几に座ると、目を輝かせ、子供のように春嶽を見つめてきた。

小楠がちらりと鋭い目で浪人者を見て、ひややかに、

「殿の御前である。名のられよ」

と告げた。浪人は白い歯を見せて笑うと、
――土佐浪人、坂本龍馬《さかもとりょうま》
と名のった。

二

「わしは勝先生の門人ですきに。もともとは尊攘派として勝先生を斬りにいったものの、攘夷のためには海軍を造らんといけんちゅう勝先生の意見に惚《ほ》れ込んで弟子になったぜよ」

龍馬の無作法な言い方に小楠は眉をひそめた。しかし、春嶽はかまわずに、

「面白い漢だ、さすがに勝安房が使者として使うだけのことはあるようじゃ。時に今日は何の用だ」

と訊《き》いた。龍馬は大きくうなずいた。

「実は勝先生は神戸《こうべ》に海軍操練所を造り、諸藩の士に海軍の修業をさせようと思うちゆうがです」

「そのことは聞いている。将軍家は四月二十一日に大坂城に向かい、順動丸《じゅんどうまる》に乗って大坂湾を巡航されたそうな。そのおりの艦長が勝安房であったゆえ、艦上で海軍操練

所創設のお許しを得たらしいな」

「ところが先立つものがありませんきに、越前福井藩にお願いに行けと言われたがです」

龍馬のあけすけな話を聞いた小楠が、木彫りの面のような顔をわずかにしかめて、

「それで、どれほど入用だと勝殿は言われているのですかな」

と訊いた。龍馬は間髪をいれずに答えた。

「五千両――」

春嶽は落ち着いてうなずいた。

「わかった。五千両出そう」

間をおかずに五千両もの大金を出そうと言ってのけた春嶽の器量に龍馬は驚いて目を丸くした。

「こりゃ、たまらん、びっくりしたぜよ」

龍馬が膝を叩《たた》いて大仰に言うと、春嶽はにこりとした。

「かねて勝安房からは海軍が必要だと聞いておる。わたしも同じ思いゆえ、金を出すのだ。そのことに不思議はあるまい」

「そんなもんですろうか」

龍馬はにこりと、ひとを惹《ひ》きつける笑顔を見せた。その笑顔にひかれるように春嶽

は言葉を重ねる。

「だが、せっかく金を出すのだ。わたしに役立つ話を聞かせてくれるか」

「ほう、なんですろう」

龍馬は目を細めた。すると、油断のならない策士の風貌になった。

「福井藩はいま、ここにいる横井小楠の発案で挙藩上洛を考えておる。そのことをそなたはどう思うか聞いてみたいのだ」

「こりゃあ、大変なことを訊かれてしもうた」

龍馬はもじゃもじゃ頭をかきむしった。春嶽と小楠が見つめていると、龍馬は顔を上げた。

「福井藩の挙藩上洛の噂は京で耳にしたぜよ。尊攘派は福井藩が京に乗り込んでくると言うて大騒ぎしよったきに」

小楠は目を鋭くして龍馬を見た。

「尊攘派はわれらが動くことをどう思っているのであろう」

「決まっちょります。自分たちを京から追い払いに来るとじゃ言うて、福井藩を憎んじょります」

すでに尊攘派激徒の間では春嶽を、

――国賊

呼ばわりする者もいるという。

「なるほど、世間はものわかりが悪い者が多いな」

小楠は口をゆがめた。龍馬はにこりとした。

「それはそうですろう。わしは勝先生から聞いて横井先生は天下一の学者じゃと思うちょりますが、世間には横井先生を士道忘却じゃちゅうてあげつらう者もおりますろう」

龍馬の言葉に小楠は苦い顔をした。

およそ半年前の文久二年十二月十九日夜、小楠は江戸、お玉ヶ池の熊本藩江戸詰留守居役、吉田《よしだ》平之助《へいのすけ》の別宅にいたところを刺客に襲われた。刺客は肥後勤王党《きんのうとう》の堤松《つつみまつ》左衛門《ざえもん》ら三人だった。

堤たちは小楠が開国論を唱えていることを許し難いとして襲ったのだ。この際、小楠は刀を床の間に置いていたが、刺客が迫って取る余裕がなかったため脱出して十町（約一キロ）ほど離れた福井藩の常盤橋《ときわばし》邸まで突っ走り、刀を取って引き返した。しかし、刺客たちはすでに立ち去っていた。この襲撃により、小楠と酒宴を開いていた吉田は重傷を負って後に死亡した。このため刺客の手からいち早く逃げ延びた小楠は、

——士道忘却
と糾弾されたのだ。これに対して春嶽は、小楠が尊攘派から憎まれることになった

のは、

――まったく小生否徳《ひとく》のいたすところにて

とかばっていた。小楠が不機嫌な顔になったのを見て龍馬は笑いかけた。

「士道忘却なんぞ、気にすることはないきに。これからは刀じゃのうて頭の時代じゃ。横井先生は天下一の頭を持っちょるきに。それを守るは天下のためですろう」

小楠は苦笑した。

「だが、世間はそうは思わぬ。世渡りするためには士道が必要なようじゃ」

龍馬は大きく手を振った。

「そんなしょうもないことを考えたらいかんぜよ。ひょっとして刺客から逃げた弱みを覆すために強いところを見せようと思うて挙藩上洛を唱えられちょるですか」

「そんなことはない」

小楠は龍馬の言葉を一蹴したが表情は翳《かげ》りを帯びた。龍馬はそんな小楠を見つめながら、

「横井先生、福井藩の役目は挙藩上洛するぞ、という掛け声をあげるだけで果たせちょるという気が、わしはしますがのう」

とつぶやくように言った。

「どういうことであろう」

小楠は首をかしげる。

「わしはずるい漢じゃきに、そのつもりで聞いてくだされ。天下の松平春嶽公が兵を率いて上洛するという話になれば、ここで黙っているわけにはいかんと思う藩がきっと出てきますろう。挙藩上洛となれば長州藩と戦になるのを覚悟せにゃいけん。しかしそれは福井藩の手にあまるとじゃなかろうか。長州藩との戦は武に長《た》けた藩にまかせるが上策じゃ」

春嶽は微笑して興味深げに訊いた。

「わが藩にも武の備えはあるが、そなたがそこまで言うのはどの藩のことなのだ」

龍馬は目を光らせて、

――薩摩じゃ
とぽつりと言った。春嶽は目を鋭くした。

「ほう、薩摩か――」

龍馬は春嶽をうかがうように見た。

「薩摩のことは、大殿様はようご存じのはずじゃ」

黙って微笑するだけで春嶽は答えない。かつて春嶽は薩摩の島津斉彬や水戸《みと》の徳川斉昭《なりあき》とともに、十三代将軍徳川家定《いえさだ》の継嗣に一橋慶喜を擁立しようとした。

　アメリカのペリー提督により、開国を迫られた時期だっただけに英明で知られた慶喜を将軍にしようとしたのだ。

　春嶽も斉彬も開国はやむなしと考えていたが、それだけに尊攘派の斉昭の実子である慶喜を将軍にすることで、開国派と尊攘派が手を携えて国難にあたる挙国一致の体制をつくるのが狙いだった。しかし、春嶽の目論《もくろ》見《み》は紀州《きしゅう》藩の慶福《よしとみ》（家茂）を将軍に推す大老、井伊《いい》直弼《なおすけ》によって阻まれた。井伊が行った、

――安政《あんせい》の大獄

　はアメリカとの修好通商条約の締結に反対する尊攘派だけでなく、慶喜を将軍継嗣に擁立しようとした一橋派への弾圧でもあった。

　この時期、春嶽の懐刀として京での朝廷工作に辣腕を振るった橋本左内は、この大獄で捕らえられ、刑死した。

　左内は大坂の緒《お》方《がた》洪庵《こうあん》の適塾《てきじゅく》で学んだ蘭学者であり、開国派だった。それなのに、処刑されたのは、安政の大獄の目的が一橋派の一掃にあったことを何よりも物語っている。

　島津斉彬は井伊との暗闘において、藩兵を率いて上洛、幕府に対峙《たいじ》しようと考えていた。斉彬が急死しなければ、安政の大獄の時期に薩摩が、

　——挙藩上洛

を果たしていただろう。だとすると、いま、武力で京の尊攘激徒を鎮めることができるのは薩摩藩なのかもしれない。

「なるほど、そなたの言うことにも一理あるかもしれぬな」

春嶽が褒めると、龍馬はうれしげに羽織の紐《ひも》を噛《か》んだ。その仕草を見て、春嶽は、

（この漢はまるで子供だ——）

と驚いた。龍馬は興がのったのか、羽織の紐を手でまわしながら、

「新しい時代は神戸の海軍操練所から生まれますきに、楽しみにしておおせ」

と言った。噛みしめていた羽織の紐からつばが飛んだ。小楠が顔にかかったつばを不機嫌そうに懐紙でぬぐった。

天下の大学者である小楠の顔につばを飛ばすとはとんでもない漢だと思って春嶽はくすくすと笑った。

春嶽に気に入られたと思ったのか、龍馬は身を乗り出して、

「これからはわしも家臣同様に思うていただいてようございますきに。殿様のために粉骨砕身働きますろう」

と言いながら、なおも羽織の紐を振り回した。

春嶽にもつばが飛んでくる。閉口した春嶽は立ち上がって、

「今日はよき話を聞かせてもらった」

と告げると、背を向けて東屋を後にした。これ以上、つばを飛ばされてはたまらないと思ったからだ。

だが、東屋を去りつつ、春嶽は龍馬のことを、

（あの漢、使える——）

と思っていた。かつての橋本左内のように、身を挺《てい》して働いてくれるのではないか。

春嶽は歩きながら笑みを浮かべていた。


この日、龍馬は小楠に連れられて三岡八郎を訪ねた。

小楠の邸《やしき》は城下の足羽《あすわ》川《がわ》の幸橋《さいわいばし》北詰から西へ下がったところにあった。

三岡の邸は足羽川をはさんで対岸の舟場町《ふなばちょう》である。小楠はまず自分の屋敷に龍馬を連れていった。道すがら、

「坂本君は、わたしの挙藩上洛策に反対のようだな」

「反対じゃないですろう。できることならやったがええぜよ」

龍馬は臆面もなく答える。

「つまりは食うことはできん、絵に描いた餅じゃということか」

「そん通りじゃ。わしも餅は好きじゃけど、それだけに絵に描いた餅を見せられたら

食いとうて腹が鳴りますろう」

「なるほどな」

小楠はうなずいて歩く。龍馬は小楠をちらりと見て、

「春嶽公は頭のええおひとじゃきに、そのあたりのことを見定めようとされておるのじゃありませんかのう」

と言葉を添えた。小楠は答えずに歩む。藩主について外で話題にすることを不謹慎と思ったのか、あるいは春嶽の考えに異論があるのかもしれない。

屋敷に着いた小楠は龍馬を上げようとはせず、川の船着場を指差した。

「三岡の屋敷は川向こうだ。舟で行こう」

小楠はあっさりと言ってのけた。

すでに夜になっていた。

「横井先生は舟をお持ちなんじゃ」

龍馬は感心したように言った。

「足羽川沿いの家ではどこでも持っている。わたしが漕《こ》いでもよいが、せっかくの客人だ。君にまかせよう」

舟を漕げと言われても龍馬は驚かなかった。

「わしは土佐の黒潮育ちですきに舟を漕ぐのは得意じゃ」

笑うなり、龍馬は小楠とともに舟に乗ると月明りの川面を巧みに櫓《ろ》を漕いで対岸へと渡った。

三岡の屋敷の前に立った小楠は乱暴に門扉を叩いて、

「三岡、面白い客人を連れて参ったぞ」

と大声を発した。門を開けて男が顔をのぞかせた。

――三岡八郎

である。八郎は石高百石の福井藩士の家に生まれた。この年、三十五になる。

幼名は石五郎《いしごろう》。家が貧しかったため、幼いころから家の手伝いをしてきたが、武術の稽古にも熱心で特に槍《やり》では精妙の域に達した。

それでも貧しさからどう脱《ぬ》け出たらいいのかを懸命に考えてきた。そして小楠と出会って民富の考えに圧倒されて弟子入りし、福井藩の財政改革に努めてきた。特産物の奨励を行う会所を設ける、

――会所仕法

によって繭《まゆ》、生糸、麻、蚊帳地《かやじ》、茶などの増産を図った。

さらに三岡は長崎に赴いて地元商人の小曾根乾堂《こそねけんどう》の紹介でオランダ商館と生糸や醬《しょう》油《ゆ》などの輸出をするようになった。

精悍《せいかん》で表情が明るく、図太い性格の三岡は初対面のときから龍馬と気が合った。

小楠をまじえて三人で酒宴を開くと、龍馬は、

「おまんさあは金儲《かねもう》けが得意じゃちゅうがまことですろうか」

と訊いた。八郎は破顔して胸を張った。

「まことです」

龍馬は面白そうに八郎の顔を覗《のぞ》き込んだ。

「こりゃあ、驚いたきに。金儲けがうまいと言われて喜ぶ武士は天下におまんさあだけぜよ」

「何を言われる。戦があれば槍一筋で主君の役に立とう。しかし、泰平の世では金儲けが戦じゃ。商人を蔑《さげす》んでいては世の動きに置いていかれるだけでござる。それでは主君に忠義を尽くすことも民百姓の安寧を守ることもできん」

龍馬は大きくうなずいた。

「まっことそうぜよ。おまんの考えは正しいがぜよ」

八郎は白い歯を見せて笑った。

「わたしもこれほど賛同してくれる武士に出会ったのは初めてだな」

龍馬は右手を差し出した。

「セイクハンドじゃ」

「セイクハンド？」

「そうじゃ。メリケン国では、友になった者は手を握り合うちゅうて勝先生が教えてくれたぜよ。おまんの話を聞きよったら、福井藩がこれからの日本国を引っ張ることになりそうじゃと思うたぜよ。それゆえ友にならないけんのじゃ」

何でもないことのように龍馬は言ってのける。

八郎は首をひねった。

「しかし、異国の風俗を真似ては尊攘派がうるさかろう」

「何を言いゆうぜよ、友になるのにわが国も外国も違いがあろうかよ。仲ようして助け合うが一番ぜよ」

龍馬がぐいと手を突き出すと八郎はその手を握りしめた。すると、かたわらで盃を傾けていた小楠がふたりの握り合った手の上に自らの手を重ねた。

「わたしも仲間に入れろ」

小楠は不愛想な顔で言った。八郎が驚いて目を瞠《みは》り、

——先生
と声をあげた。龍馬は、にやりとして、

「友が増えるのは、よかことぜよ」

と呵々《かか》大笑した。

龍馬は小楠や八郎と会った後、京に戻り、六月二十九日には福井藩邸を訪ねて挙兵上洛を目指す重臣の村田氏寿とも意見を交わす。龍馬は福井藩の挙藩上洛策がいずれ天下を動かすことになると見たようだ。村田を訪ねた日の日付で姉の乙女《おとめ》に宛てた手紙には、

――私事も此《この》せつハよほどめをいだし、一大藩によく〱心中を見込てたのみにせられ

と書いている。一大藩とは福井藩のことである。龍馬はこのころすでに福井藩から見込まれ頼みにされていると法螺《ほら》を吹いたのだ。さらに、同じ手紙の中で、

――日本を今一度せんたく（洗濯）いたし申候事にいたすべくとの神願（心願）にて候

という後に有名になる言葉を書き連ねている。

龍馬は福井藩訪問で大きな夢を抱いたのかもしれない。

三

「なるほど、その浪人はさように申しましたか」

京から戻って春嶽の前に出た中根靱負は龍馬の話を聞いてうなずいた。

春嶽は微笑みながら訊いた。

「どうだ。坂本の申すことは当たっておるのか」

靱負はあたりをうかがってから、

「容易ならぬ形勢にございます」

と厳しい表情で言った。

三月から上洛していた家茂がようやく江戸に戻ることになりそうだ、という。もし、家茂が江戸に戻れば、福井藩の挙藩上洛の大義名分はなくなるだろう。

家茂のいない京で長州藩などの尊攘派と睨《にら》み合うことになる。もし、そのまま戦になれば、大義のない私戦になりかねない。

「そうか、将軍家は江戸に戻られるか、それは何よりのことだ」

春嶽はつぶやくように言った。靱負は膝を乗り出して、

「大殿が横井小楠の挙藩上洛策に耳を傾けられたのは、京に閉じ込められた将軍家を

お救いしようとのお考えゆえであったと存じます。言うなれば火中の栗を拾おうとされたのですが、もはや火の中に栗はなくなろうとしておるのです。それなのに火に手を突っ込むのはあまりに無謀にございます」

さらに、と靫負は声をひそめた。

尊攘派激徒は、福井藩が上洛するならば、京の宿舎をことごとく焼き払う、越前からの道中の近江《おうみ》の宿場ごとの問屋に朝廷の名で人馬継立ての禁止状を廻《まわ》して道中を妨げる、などという流言が飛び交っているという。

「これらの妨げが行われるならば、とても無事な道中や入京はできません。福井藩の名折れとなるばかりでございます」

春嶽は穏やかな表情で口を開いた。

「わたしは横井が申す挙藩上洛策の狙いはよくわかっておる。四千の兵により、京の不穏な輩《やから》を鎮圧し、そのうえで大名に限らず、武家から百姓、町人の考えまでを聞いて、この国の正しき道を見出そうというのだ。そのめざすところは、いわば尭舜《ぎょうしゅん》の世を作ろうというのに似ている。志はまことに高いが、さて、それが果たしてできるか、ということだ」

靫負は頭《かぶり》を振った。

「できる見通しがあれば、おやりになるということでございますか」

「無論だ」

春嶽はきっぱりと答えた。

「されど、七月は藩主茂昭公の参勤交代の時期でございますぞ。挙藩上洛を唱える者たちは参勤の延期を主張いたしておりますが、それではただでさえ失墜いたしておる幕府の権威をさらに落とすことになります。それは親藩がとるべき道ではございますまい」

靫負はさらに迫った。

春嶽はしばらく考えていたが、不意に肩の力を抜いた表情で、

「しからば、皆で評定《ひょうじょう》をいたそうか」

と言った。

「評定でございますか」

靫負は顔を曇らせた。

春嶽が断を下せばすむことではないか、と思ったがさすがに主君に面と向かって言うわけにはいかなかった。

「そうだ。皆にそなたの意見を述べてみよ。皆がどのように思うかを見てみたいのだ」

そのうえでどうするのか、それもまた春嶽は言わない。

「御意《ぎょい》のままに」

靫負はため息をついて手をつかえ頭を下げた。

春嶽が何を考えているのか永年仕えながらいまだに靫負にはわからなかった。

間もなく大広間で開かれた評定で靫負は居並ぶ重臣たちを前に、

「将軍家を擁して帝《みかど》を奉じるのが親藩のとるべき道であり、徳川宗家を軽んじて参勤を怠るなどは許されぬことだ」

と力を込めて説いた。重臣たちの中にいる小楠と八郎が靫負を見つめている。靫負の話を聞き終えて小楠は、ひややかに言ってのけた。

「いまは天下危うきにあります。尊攘派によって将軍家の権威が脅かされること甚だしきではありませんか。さようなおりに参勤交代の古例を尊ぶだけで何もせぬのは、あまりに姑息《こそく》ではございませんか。むしろ身を賭して将軍家に障《さわ》りをなす者を鎮めることこそが忠義の道でありましょう」

靫負は小楠を睨んだ。

「まことにさようなことができると思われるのか」

小楠も鋭い目を靫負に向けた。

「やってみねばわからぬことでございましょう」

「さような博打《ばくち》に御家を賭けるわけにはいかぬ」

吐き捨てるように靫負は言った。

「たとえ、博打でありましょうとも、目の前の火事を見て何もせぬのが忠義でござろうか。もし炎の中に助けを求める者があればわが身を顧みず飛び込んで救おうとするのがひととしての道と存ずる」

淡々と小楠が言うと、重臣たちの間にうなずく者は多かった。靫負は耐えかねたように口を開いた。

「それは上っ面の理屈ではござらんか。義は貫き通すことができてこその義でござる。できるかどうかわからぬままに行うのは義ではない」

靫負が言い放つと八郎が膝を乗り出した。

「さように申されますが、では義とはおのれができることをなし、できぬと見れば放っておくことでござるか。それではあまりに勝手がすぎましょう。できることをいたすのは当たり前にございましょう。できぬかもしれぬと思いつつ、身命を賭すのが義ではございますまいか」

靫負は八郎を見つめた。

「それもまた屁理屈《へりくつ》じゃ。お主はただ、天下の政に首を突っ込みたいだけだ。仮に失敗しても天下を動かそうとしたことで功名心は満足するであろうからな」

「なんですと」

八郎はさすがに気色ばんだ。すかさず、春嶽が、

「そこまでにいたすよう」

と止めた。そのうえで春嶽は重臣たちひとりひとりに、いずれの意見に賛同いたすか、と訊いた。

重臣たちは小楠の意見に与《くみ》する者が多かった。論争に敗れた靫負は蒼白《そうはく》になった。

翌日から靫負は屋敷に籠《こも》って出仕しなくなった。このため、

——内外を根絶し人心を害《そこな》ひ候段不届

として蟄居《ちっきょ》謹慎の処分を受けた。

小楠は自分の意見が通ったことにほっとして、京の村田氏寿に、

——雨降って地固まるのたぐい

と手紙に認《したた》めた。

七月に入って八郎は家老の岡部《おかべ》豊後《ぶんご》らとともに九州に向かった。挙藩上洛に向けての協力を熊本藩や薩摩藩から得るためである。

熊本藩では小楠の弟子である実学党の藩士たちを中心に上洛のうえ、開国の国是を打ち立てることが話し合われた。さらに八郎たちが薩摩に入ると、家老の小松帯刀《こまつたてわき》が応対した。

このとき薩摩藩は七月二、三日のイギリスとの薩英戦争が終わったばかりで余燼《よじん》がくすぶっていた。

帯刀はイギリスとの戦いで薩摩藩の蒸気船が破損したため、上京にあたっては福井藩の蒸気船を借用したいと申し入れ、福井藩側がこれを了承するなど話し合いは円滑に進んだ。

八郎たちの九州遊説によって、福井藩と熊本藩、薩摩藩の、

——三藩連合

ができたかのごとくだった。

しかし、この間にも幕府からは家茂が江戸に戻るのに合わせて出府するようにとの達書がしきりに来ていた。家茂は六月九日に京を発《た》ち十三日に大坂天保山《てんぽうざん》沖から順動丸に乗って江戸に帰っていた。

だがこれらの福井藩の動きに対し、尊攘派は反発を強めた。熊本藩の尊攘派である宮部鼎蔵《みやべていぞう》らは、福井藩が、邪曲の説を強めているとして、もし福井藩と薩摩藩が合《がっ》従《しょう》して邪説を唱えれば西国諸藩は呼応し、さらに江戸の幕府が動けば由々しき事にな

る、その前に帝の攘夷親征を行わなければならない、とする建白書を朝廷に提出した。

このころ京に久留米《くるめ》の神官で尊攘派志士の大物である真木和泉《まきいずみ》が入って、帝の大和《やまと》行幸によって一気に攘夷親征を行おうと激しく運動した。

このときになって、春嶽は突然、断を下した。

七月二十三日——

本多飛騨、松平主馬ら小楠の挙藩上洛策に同調していた重臣たちの職を解き、藩主茂昭の参勤を決したのである。

八郎たちが九州を遊説している間の電光石火の粛清人事だった。

御座所にひとり座った春嶽は煙管《キセル》で煙草を吸いながら、

「まあ、これでよしか」

とつぶやいた。

福井藩の動きが沈静化して、ひと月もたたない間に京では激変が起きた。

八月十三日、帝の大和行幸の詔《みことのり》が発せられた。

この日の夜、三本木《さんぼんぎ》で会津公用局の秋月悌次郎《あきづきていじろう》と薩摩藩の高崎左太郎《たかさきさたろう》（正風《まさかぜ》）のひそかな会合が行われた。

会津藩と薩摩藩が手を結び、攘夷派を一掃することを約したのだ。

さらに十五日には、秋月と高崎は公武合体派の中川宮《なかがわのみや》を訪れて計画を告げた。中川宮は翌十六日に参内して孝明《こうめい》天皇に奏上した。孝明天皇は熟考したうえ、この夜中川宮に密命を下した。

こうして八月十八日深夜、中川宮と会津藩主松平容保、京都所司代淀《よど》藩主稲葉《いなば》正邦《まさくに》、前《さきの》関白近衛《このえ》忠熙《ただひろ》らが参内した。同時に会津、薩摩、淀藩兵が御所九門の警備配置についた。

未明に一発の砲声が鳴り響いた。九門の警備がととのったという合図だった。朝議によって、大和行幸の延期が決まった。さらに三条実美ら尊攘派公家の禁足が命じられた。そして長州藩は堺町《さかいまち》御門の警備を免ぜられ、薩摩藩がかわることになった。

尊攘派は一夜にして朝廷から締め出された。いわゆる、

——八月十八日政変

である。長州藩兵は堺町御門に詰めかけ薩摩、会津藩兵と睨み合ったが、いったん下された勅命には逆らいようがなかった。

翌十九日、長州藩兵二千は三条実美や三条西季知《さんじょうにしすえとも》、四条隆謌《しじょうたかうた》、東久世《ひがしくぜ》通禧《みちとみ》、壬生《みぶ》基《もと》修《おさ》、錦小路頼徳《にしきこうじよりのり》、澤宣嘉《さわのぶよし》ら尊攘派公家の七人とともに、雨の中、長州へと下っていった。

世に言う、〈七卿《しちきょう》落ち〉だった。

この間に福井藩では、松平主馬と本多飛騨の家老ふたりが御役御免、蟄居《ちっきょ》、同じく家老の岡部豊後が御役御免となり重臣八人に厳しい処分が下った。この中で九州遊説から戻った三岡八郎は制産方頭取の職を解かれ、蟄居となった。

これらの処分が行われるのを見た小楠は居場所を失い、福井を離れて熊本に帰った。だが、熊本では士道忘却の一件での処分が待っていた。

小楠は知行を召し上げられ、士席も剥奪された。

事態が落ち着いたころ、靫負は城に召し出された。

春嶽は城内の茅葺《かやぶき》の茶室で靫負に会った。茶釜の松籟《しょうらい》の音が響き、春嶽は端整な横顔を見せてしなやかな作法で茶を点《た》て、靫負の膝前に赤楽《あからく》茶碗を置いた。

靫負は頭を下げて茶を喫した。

春嶽は横顔を向けたまま靫負に問いかけた。

「この度の裁きはいかが思うた」

「ご決断、恐れ入ってございます」

靫負は茶碗を置いて頭を下げた。春嶽はふふっと笑って自分のために茶を点て始めた。

「優柔不断で何事も決められぬ主君だと思ったのであろう」

「決してさような」

靫負はどきりとして、再び頭を下げた。

「隠すな。顔に書いてあったぞ」

「恐れ入ります」

靫負の額に冷や汗が浮かんだ。

「わたしにしても、思うがままに決められれば苦労はない。しかし、わが力量をよくよく考えねばならぬし、それでもなさねばならぬことはあるのだ」

春嶽の言葉を聞いて靫負ははっとした。

「それでは京で薩摩と会津の動きがあるのを待たれたのですか」

「動きがあるかどうか、それはわからなかった。しかし、三岡が熊本藩や薩摩藩まで出向いて説得してまわれば、なんらかの動きがあっても不思議ではあるまい。わが福井藩に功をなさしめるよりはわれらが、と思う藩が出てくるはずだとは思った。さらに言えば、福井藩の動きが大きく伝われば、尊攘派の目はわれらに注がれる。その間にひそかな動きが起きるのではないかと思案した」

淡々と春嶽は言った。

「それでは薩摩と会津を動かすためにわざと尊攘派の目を引きつけられたのでござい

ますか」

「自らはなさずにひとにさせようという魂胆だったのだから、誰にも誇ることはできぬが、わたしにできるのはこれが精いっぱいのところであった」

うなずいた靫負はふと、思い当たった。

「あの坂本龍馬という土佐浪人が言ったのも同じようなことでございましたな」

「そうだ。あのおりは、わが心中を見透かされたかと思ってひやりとしたぞ」

春嶽は苦笑した。

靫負は大きく息をついた。

「まことに大殿の深慮遠謀には思いいたりませんでした」

「力が及ばぬ者にもそれなりの戦い方があるというものだ。それにしても横井は惜しいことをした」

春嶽は寂しげに言った。靫負は大きくうなずく。

「わが藩の財政を建て直したのは横井殿にございました。さらに申せばこの国の将来を見据える大才でござった。横井殿を去らせたのはまことに惜しゅうございました」

春嶽は茶碗を口に運びながら、

「しかし、まだすべてが終わったわけではないぞ、靫負――」

と言った。靫負は春嶽の横顔を見つめて、

——御意

と言葉を発した。春嶽はつぶやく。

「まだ、これからしなければならぬことが山ほどある。くじけておる暇はないのだ」

春嶽は靫負に顔を向けて、

「わたしは百折不撓《ひゃくせつふとう》である。さよう心得よ」

と告げた。

靫負が手をつかえ、頭を下げると、春嶽はまた茶を点て始めた。

藩主になった少年のころの日々が胸に蘇《よみがえ》っていた。

四

松平春嶽の本名は慶永《よしなが》、十一歳で元服するまでの幼名は錦之丞《きんのじょう》である。文政《ぶんせい》十一年（一八二八）、御三卿の田安家に生まれた。

御三卿とは八代将軍徳川吉宗《よしむね》の二男宗武《むねたけ》を祖とする田安家と四男宗尹《むねただ》を祖とする一橋家、さらに九代家重《いえしげ》の二男重好《しげよし》を祖とする清《し》水《みず》家である。いずれも江戸城内の屋敷に近い門の名をとって姓としている。

各家の当主の官名が代々、律令制の八省の長官（卿）であることが多いため御三卿と呼ばれた。

所領はそれぞれ十万石で家老などには幕臣が任じられる。将軍に継嗣がない場合は将軍家を相続することができた。

十一代将軍家斉《いえなり》は一橋家の出身である。各家での縁組も行われており、家斉は春嶽にとっては伯父《おじ》にあたる。また、十二代将軍家慶は従兄《いとこ》だった。

春嶽は生まれたときから、徳川一門の中にいた。徳川家のために生き、死するをおのれの定めと心得ていた。

御三卿の家に生まれた者の務めは、言うなれば、将軍となるかもしれない日に備え、日々、勉学に勤《いそ》しみ、おのれを鍛えることだった。それだけに暮らしぶりも質素で、後に春嶽自身が、

「筆は一月に二本、墨は二月に一挺《ちょう》ほどで、ほかに欲しいものがあっても買うことは許されなかった」

ともらすほどだった。

春嶽は毎日、早朝に起きると自分で髪をととのえ、身支度をする。女中や家僕の手を煩わせないのが家風だった。

その後は『大学』『論語』を素読し、それから着物を着替えて父母に朝の挨拶を行い、午後は「手習稽古」などに励んだ。幼いころからの読書好きだった。

昼下がりから遊ぶことを許されているが、屋敷の外へ出ることはできなかった。

筆まめでひとから借りた書物を常に書き写していた。このため、大量に紙を使うことから、父親の斉匡《なりまさ》から、

「まるで、羊のようだな」

とあきれられた。このため、春嶽は幼少のころ、

——羊堂《ようどう》

という号を用いた。

天保《てんぽう》九年（一八三八）春、春嶽を越前福井藩の養嗣とする話が幕閣でまとまった。

この年、七月に十五代越前藩主斉善が病没すると、将軍家慶の命によって、春嶽は越前松平家を継いだ。

十一歳の少年藩主だった。

春嶽が越前福井藩主となることが決まったとき、田安家中の者たちの顔には、憂慮と失望の色が浮かんだ。

時、至れば将軍ともなりうる地位にあり、しかも幼少にしてすでに俊秀ぶりが現れている春嶽を送り込むことに、微かな不安が浮かんだのである。

越前福井藩は歴代、どことなく翳《かげ》りがあり、しかもいまは膨大な借財に苦しんでいるという噂だった。

越前松平家は、徳川家康《いえやす》の二男結城《ゆうき》秀康《ひでやす》を祖とする、親藩大名の雄である。しかし、秀康は、醜貌だったことから、父からあまり愛されなかったという。

天正《てんしょう》十二年（一五八四）、家康と豊臣秀吉《とよとみひでよし》の小牧《こまき》・長久手《ながくて》の戦いの後、人質として大坂に送られた。

秀吉は、当時於義丸《おぎまる》と呼ばれていた秀康を気に入り、自らの養子として、羽柴《はしば》姓を与え、秀康と名のらせた。豊臣家の後継者となる可能性もあったが、秀吉に実子の鶴《つる》松《まつ》が生まれると、下野《しもつけ》国の結城家の養子となった。

こうして秀康は徳川家を離れていた期間が長くなり、家康の子として最年長でありながら、徳川家を継ぐ機会を逸した。

家康が天下を取った後、秀康は越前北《きた》ノ庄《しょう》で六十七万石を与えられたが、弟の秀忠《ひでただ》が徳川家の家督を継いだことに不満があったようだ。

秀康没後に襲封した長男の忠直《ただなお》は大坂の陣では諸大名の中でも第一とされる軍功をあげたが、恩賞の不満から放蕩《ほうとう》乱行に走った。このため元和《げんな》九年（一六二三）、豊後《ぶんご》国に流謫《るたく》され、そこで没した。

その後、秀康の次男で忠直の弟にあたる忠昌《ただまさ》が越後《えちご》高田《たかだ》を経て越前五十万石を襲封した。しかし、六代藩主綱昌《つなまさ》は乱心を理由に貞享《じょうきょう》三年（一六八六）に改易された。

越前松平家は藩祖以来の由緒ある家柄につき再興されたものの、二十二万石余りは幕府領となり、二十五万石となった。

後に加増で三十二万石になったものの、当初の知行高と比べ半減しており、さらに領内に災害も相次いだため、財政が窮迫した。藩では家臣の給禄半減、領内への御用金賦課などを行ったが焼け石に水だった。

明和《めいわ》四年（一七六七）秋には凶作で米価が騰貴し、翌年御用達らの米穀買占めへの憤りから二万人にのぼる窮民が福井城下に押し寄せ、打ちこわしを行った。

藩では窮状を打開するため藍玉《あいだま》の専売なども行ったが、財政は好転しなかった。

十五代斉善のときには、大坂の商人などからの借財の総額は九十万両余にのぼった。しかも、財政は毎年、二万六千両ずつ不足していた。

もはや藩として立ち行かなくなっていた。さらに天保年間の飢饉《ききん》で福井藩は、餓死者六万人と伝えられる惨状を呈した。

春嶽が少年の身で赴く福井藩はそのような有様だった。このことをひそかに伝える近臣がいたが、春嶽は色白の頰にえくぼを浮かべ、二重瞼《まぶた》で睫毛《まつげ》の長い大きな目をなごませ、にこりとして、

「ひとが生きていくからには難事はつきものであろう。楽をするために大名になろうとは思っておらぬ」

と答えた。その様はのちの号を思わせて、

——春風駘蕩《たいとう》

としていたが、近臣にはそれが春嶽の本心なのか、それとも少年らしい気負いなのか見分けがつかなかった。

春嶽は、江戸、常盤橋の福井藩邸に移り、天保九年十一月二十三日、江戸城に初登城して将軍家慶に謁見した。

その後、家慶の慶の一字をもらって名を慶永とした。

藩主となった春嶽の側近である御用掛となったのは、中根靫負だった。

靫負はこのとき、三十二歳。剛直で平田《ひらた》篤胤《あつたね》に入門して国学を志していた。靫負について家中では、

——疎宕《そとう》爽快

と評する声があった。おおらかで気強く、細かいことにこだわらない、というのである。

春嶽は後に、靫負のことを、

「天性沈着冷静であり、寡言にして人の長所を認め、好き嫌いなく交わり、節倹を守り、粗末な衣服をつけ、それも擦り切れなければ替えようとしなかった」

と碑文に記すことになる。

靫負は春嶽がまだ少年であるにもかかわらず、藩主としての責務を説き、厳しく接した。

春嶽もまた、靫負の諫言《かんげん》に常に耳を傾けた。

春嶽は藩主となった翌年の十月には、いままで千両だった藩主の手許金を五百両に半減した。節約を率先垂範するためで、食事も朝夕は飯と香の物だけ。昼も一汁と一菜だけで、食膳に二色のおかずをのせなかった。

いわゆる一汁一菜にもならない粗食である。

このため家臣一同も節倹に努めるようになった。もっとも、それだけで藩の財政が好転するわけではなく、春嶽は藩主としての資質を現しつつ、なおも研鑽《けんさん》に励む日々だった。

後に春嶽の教育に靫負とともにあたったのは、藩士の浅井《あさい》八百里《やおり》（政昭《まさあき》）である。八百里は靫負の従弟であり、藩校正義堂《せいぎどう》の句読師《くとうし》から側向《そばむき》頭取となった。藩史『執法全鑑』二十八巻を編修する学者でもあった。

八百里は春嶽に対して人の人たる所以《ゆえん》を説き、さらに、

——農ハ本
として農業こそが国の根本であるとした。八百里は何度も繰り返して、

——膏血《こうけつ》をしぼり申さず様致度事

と説いて、仁政を行うことが藩主の務めであるとした。

もともと福井藩では山崎闇斎《やまざきあんさい》の崎門《きもん》学派が盛んで、春嶽の読書は『近思録』や『孟子』、『中庸』などに及んだ。春嶽は『孟子』にある、

——民を貴《とうと》しとなす、社稷《しゃしょく》これにつぎ、君を軽しとなす

という言葉を学んだ。

春嶽が襲封して二年後、天保十一年一月、藩内で旧守派の中心であった家老松平主馬が罷免され山県三郎《やまがたさぶろ》兵衛《べえ》に替えられ、藩政は改革派の主導で行われることになった。

天保十四年、春嶽は十六歳になった。

幕府では藩主は十七歳になるまで藩邸に住まわせ、帰国を許さなかった。しかし、越前福井藩には特例として十六歳での十カ月間の在国を認めた。

この時、春嶽は靫負に、

「せっかく帰国するのであるから、この際、藩主としての心得をうかがっておきたい方がいる」

と言って、

――水戸《みと》斉昭《なりあき》

の名をあげた。斉昭は言うまでもなく御三家のひとつ、水戸藩の藩主であり、このころ大名の間で声望が高かった。

春嶽が斉昭に会いたいと言い出したのを受けて、靫負は、

「それはよきことでございます」

と答えた。まだ十六歳ながら、春嶽には、政治の才があるのではないかと近臣は思った。

水戸斉昭はこのとき、四十四歳。七代藩主、治紀《はるとし》の三男である。兄の八代藩主、斉脩《なりのぶ》に子がなかったため嗣子に立てられた。しかし、斉昭が嗣子となるにあたっては家中に対立があった。

十一代将軍徳川家斉は子だくさんで知られ諸大名にわが子を押し付けようとしていた。このため家斉の子である恒之丞《つねのじょう》を水戸藩主に迎えようとする門閥保守派の重臣たちがいた。

藩主斉脩の正室である美子《よしこ》は家斉の娘であることから、その弟を藩主に迎えて将軍家との縁を深めようというのだ。

それによって藩財政の危機を救おうと門閥保守派は考えた。しかし、このことに『大日本史』編纂《へんさん》を行っている彰考館《しょうこうかん》総裁だった儒学者、藤田《ふじた》幽谷《ゆうこく》の流れを汲《く》む会沢《あいざわ》

正志斎《せいしさい》らを中心とする改革派が猛反対した。幽谷の子である東湖《とうこ》は改革派に属し、無断で江戸に出て斉昭の襲封実現に奔走した。

水戸光圀《みつくに》は明《みん》の遺臣、朱舜水《しゅしゅんすい》を招いて朱子学を家中に根付かせていた。朱子学は大義名分をもっとも重視するだけに主君の弟がいながら他家から養子を迎えることは許し難いとしたのである。この争いで斉昭擁立派は、保守門閥派を抑えて、斉昭を藩主とすることに成功した。

諸大名は将軍の子を押し付けられることに戦々恐々としていた。それだけに斉昭の襲封はひそかに諸大名の支持を集めた。

襲封した斉昭は文政十二年十月、藩政改革の基本方針を示した。門閥派を排除し、領内の民政を重視して人事を刷新し、下級藩士から人材を登用する方針だった。

家中の改革派は歓喜の声をあげた。

天保四年三月から一年間水戸に帰国して領内を巡視すると、飢饉に備えて穀物を貯蔵することを奨励したほか、士民への倹約令強化などをすすめた。

また、斉昭が襲封する前の文政七年五月、イギリスの捕鯨船員十二人が常陸大津《ひたちおおつ》浜に上陸する騒動が起きていた。

このため水戸藩では海防への意識が高まっていたことから幡崎鼎《はたざきかなえ》などの蘭学者も登用して沿岸警備体制を強化した。その後、江戸に戻った斉昭は、幕府に対して飢饉対策や蝦夷《えぞ》地開拓、海防強化などの建言を行った。

さらに、天保八年に、大坂での大塩平八郎《おおしおへいはちろう》の乱やアメリカ船のモリソン号が浦賀《うらが》に来航しようとするなどの問題が起きると、いよいよ幕府への建白を強めていった。

この年、九月には幕政改革を求めた上書「戊戌《ぼじゅつ》封事」を将軍家慶に提出しており、いまや、斉昭を、

――救世の英雄

のように見る声も世間に広がっていた。

春嶽はそんな斉昭に会いたいというのだ。

斉昭は名君とされているが、将軍の子を押し付けそこなった幕府にとっては面白からぬひとだ。さらに、海防や蝦夷地開拓などの建言もたとえ御三家とはいえ幕府をないがしろにする行いでもある。

あるいは、斉昭は幕府から危険視されて睨《にら》まれているかもしれないのだ。そんな斉昭に会いに行くと、まだ十六歳の少年が言い出したのだ。

温顔に笑みを浮かべている春嶽は、国許に戻るのに先駆けて藩主として政に関わる動きをしようとしているのではないか。

（もし、そうであれば、大変な麒麟児《きりんじ》だ）

靫負はひそかな驚きを持って春嶽を見つめた。

春嶽が小《こ》石川《いしかわ》の水戸藩邸を訪ねたのは五月十三日のことだった。

あらかじめ水戸家には前触れの使いを出しており、春嶽が到着すると、水戸藩士が居並んで迎え、奥の広間へと通された。

斉昭は機嫌よく、春嶽を迎えた。浅黒く精悍《せいかん》な風貌の斉昭は、まだ少年らしさが残る春嶽の色白の顔を見て、

「よう参られた。お国入りをされるとのこと、その前に見えていただいたこと、嬉しく思いますぞ」

と声をかけた。春嶽は挨拶の後に、

「初めての国入りでございます。藩主としての心得をお聞かせ願えればと存じて参上いたしました」

と応じた。斉昭はつくづくと春嶽を見つめた。

怜悧《れいり》であることは顔を見ただけでわかる。だが、いまや幕閣に対して耳の痛い建言を続けている自分に国入りの心得を聞きにきた大胆さはどこから来たのだろうと思った。

「わたしの話を聞こうと思い立たれたのは側近の者が勧めたゆえでござるか」

斉昭が訊くと、春嶽はゆっくりと頭を横に振った。

「わたしは自らがなすことは自らで決めます。側近の者の意見は聞きますが、なすのは自らだと思いますので」

春嶽の言葉に斉昭は深々とうなずいた。

「頼もしきご意見じゃ。これから世の中は大きく変わろうとしておる。さようなとき、われら徳川の一門がなにをいたすかで世の流れも決まろう。自らなすことは自ら決めるというのは、最も肝心なことかもしれませんな」

斉昭の言葉には年少の春嶽への慈愛が感じられた。

春嶽は黙って頭を下げた。このとき、春嶽はあらかじめ、心得九か条を尋ねたいと質問書を届けており、斉昭はその周到さに感心しつつ、一か条ずつ、懇切に話した。

春嶽は真剣な表情で聞き、斉昭が話し終えると、

「お教え、胸に刻みます」

と述べて辞去した。

五

斉昭はよほど春嶽を気に入ったらしく、話した内容を書状に認《したた》めて春嶽に送った。

書状には四か条が書かれていた。

第一条　朝廷、幕府への忠節を第一とし、ことにあたっては衆議にはかり、決定したからには藩主といえども背いてはならない

第二条　わが国古来の国学、神道を根本に儒学を補助とし、文武一致をめざす

第三条　武道を振興し、調練を行って士気を高める

第四条　重役の使い方に留意し言路洞開を心掛ける

というものだった。また、書状の末尾に、

――只今《ただいま》の御年輩にて、かく国政に心を用いらるゝ段、実に感心致す。この上間断なく御努力になれば、何事も容易に御成し遂げ得らるべく、先々たのもしく存候

と書かれていた。春嶽は幕閣にとって名うてのうるさ型である斉昭の好意を楽々と得たのである。春嶽は水戸藩邸を訪れた際、斉昭に、

「善人と悪人はいかに見分けたらよいのでしょうか」

と訊いたことを思い出した。そのとき、斉昭は頭に手をやって、

「それはわしにもわからぬなあ」

と笑った。その様は好々爺《こうこうや》のようで、とても幕閣にすら恐れられている人物とは思えなかった。

春嶽は福井への旅の途次、大名駕籠《かご》に揺られながら、斉昭から送られてきた書状にさらに目を通した。

斉昭は四か条に加えて得意の海防論を縷々《るる》述べているほか、〈百姓町人憐愍《れんびん》方心得の事〉として、

——国主始め武士は、百姓の辛苦にて命を保ち候

と農民から膏血をしぼることを戒めている。それは春嶽が、中根靱負や浅井八百里たちから厳しく戒められていることと同じだった。

斉昭も〈民は国の本〉であるとして、

——愛民専一

と述べている。しかし、同じ書状の中で斉昭は、

——さりながら民の事は緩くし候えば、大切の武士を養い候ことも相成り申さず候えば（中略）百姓は愚なる者に候えば、一度姑息の仁を施し候えば、恩恵になずみ、後には害に相成るものこれあるものかと存じ候

としている。斉昭はさらに農民について次のように認めていた。

——私も無く慾《よく》も無く農をはげみ、育児の義も行届き、常に粗服して、貢納に滞りなければ良し

春嶽は斉昭の書状を読んで、

「これは、これは——」

とつぶやいた。その声を乗物わきにいた靫負が聞きつけた。

「何かございましたか」

靫負に問われて、春嶽はさりげなく答えた。

「何でもない。ただ、ひとの本心と表立って言うことは随分と違うもののようだ、と思ってな」

春嶽が乗物の中で斉昭の書状を読んでいたことを察した靫負は、

「さように違いまするか」

「そのようだな。さて、本心と表立って言うことのいずれを信じたらよいのか」

春嶽は悠然として言った。

「それは、本心と決まっているのではありませぬか。いかが思《おぼ》し召されます」

靫負は試すように問いかけた。

「そうかな、本心を隠し通すのもひとの常、表立って言うことの通りに自らを縛って生きてわが命を失うのもひとの常ではないのかな」

「それは難しゅうございますな」

靫負は、どう言ったものかと考えながらつぶやいた。

「なに、難しいことではあるまい。本心と表立って言うことが違わぬようにすればよいのだ」

「それもまた難事とは存じますが」

靫負は首をかしげた。

「水戸様は――」

春嶽は言いかけて口を閉じた。

「水戸様がいかがされましたか」

靫負はうかがうように訊いた。春嶽はしばらく考えてから口を開いた。

「水戸様の心はふたつに割れておる。主君の心が割れれば家中もふたつに割れよう。水戸は家中に争いが起きるのではあるまいか」

春嶽は案じるように言ってから目を閉じた。

乗物に揺られて、眠くなったのだ。

六月十一日――

春嶽は福井城下に入った。

国境《くにざかい》で乗物を降り、騎馬で威風堂々と国入りを果たした。さすがに初めての国入りだけに春嶽は緊張した表情で手綱を引き締めた。

大手門は家臣たちの人垣でいっぱいになっていた。春嶽は待ち受けた藩士たちひとりひとりの顔を眺めながら大手門をくぐった。

春嶽が馬を下りると待ち受けていた裃《かみしも》姿の重臣たちが頭を下げ、軽格の者たちは土下座した。

春嶽は本丸の控えの間で素早く着替えてから大広間に出た。上段の主君の座に春嶽が座るや否や、重臣が、

「つつがなくお国入り、祝着《しゅうちゃく》しごくに存じます」

と声を大きくして言った。

「皆の者、大儀である」

春嶽は少年らしい甲高い声で言った。藩士たちがいっせいに平伏した。春嶽はその様を落ち着いた様子で眺めた。

すでに大藩の藩主たる貫禄《かんろく》を漂わせていた。


国入りした春嶽はさっそく領内の巡視を行った。

南条《なんじょう》郡の赤萩《あかはぎ》村をまわったおり、道端に七十歳ぐらいの老婆が土下座していた。

春嶽は何気なく近づき、声をかけた。

「平素はいかなるものを食しおるか」

老婆は顔を上げたものの、少年藩主から何を訊かれているのか、わからず呆然《ぼうぜん》とした。側近が、日頃、どのようなものを食べているのか、とのお尋ねである、と教えると、老婆は恐る恐る、

「菜雑炊と、稗《ひえ》団子でございます」

と答えた。春嶽は興味を抱いて、

「稗団子というものを食してみたい」

と側近に命じた。

側近があわてて近くの農家から取り寄せて、春嶽の前に差し出した。春嶽は手にと

り、口に入れたが、あまりのまずさに飲み込むことができない。ようやく嚥下《えんげ》してから、

「難渋至極であった」

と言って笑った。

同時に、下々の食物を食べることさえ難しいのだ、領民の心を知り、暮らしを安きに置くのは、さらに、

――難渋至極

なのだろうと春嶽は思った。

領内を巡回する合間、春嶽は越前の絵図を見ながら、同行している重臣に、

「海岸防備はどうなっているのか」

と訊いた。すると、重臣たちは当惑して、その調査のために両三日の猶予を願いたいと申し出た。

春嶽は、明るい目の色をして重臣たちに驚きの声を発した。

――コハ珍しき事

「そなたたちは、万一、異国船が到来した際にも、防備が不十分であるゆえ、両三日、

待ってくれと頼むのか」

さりげない中にも辛辣さが籠《こも》った春嶽の言葉に重臣たちは顔を上げられなかった。

それ以上、春嶽は咎《とが》めようとはせず、翌日から越前海岸を巡視した。

どのような悪路にも音をあげることなく、潮風に吹かれ、荒波を遠望しつつ巡り歩く春嶽の姿はあたかも老巧《ろうこう》な郡方《こおりがた》のようであった。

小高い地に立った春嶽はあらためて越前の海を眺めながら、かたわらの靫負に、

「水戸様の仰せではこの海の向こうに強大な兵力を持つ異国がいて、わが国をうかがっているそうな。これからのわが国は備えなくしては、立ち行かぬということであった」

と言った。靫負はうなずいた。

「水戸様の仰せ、まことに然《しか》りと存じます」

春嶽はなおも潮風にさらされつつ、海を眺めた。

「水戸様もわたしも領内に海岸を持っている。海をひかえた大名は領民の暮らしを安んじるためにも異国船への備えをいたさねばならぬようだ」

春嶽は独り言《ご》ちると、海岸に背を向けて歩き始めた。

春嶽はこの年、閏《うるう》九月十四日から二十日にかけて越前海岸の吉崎《よしざき》浦から河野《こうの》浦まで

を熱心に巡回した。

これにより、福井藩では翌弘化《こうか》元年（一八四四）から越前海岸の要所に砲台場を構築する計画に取り組んだ。

さらに春嶽は弘化二年には、これまで寺社奉行だった鈴木《すずき》主税《ちから》を側向頭取に抜擢《ばってき》したほか、翌年には保守派の岡部左膳を辞めさせ、本多飛騨、本多修理《しゅり》を家老に据えた。

これに加えて、

加賀《かが》九郎《くろう》右衛門《えもん》
千本《せんぼん》藤左衛門《とうざえもん》
大井《おおい》弥十郎《やじゅうろう》

などの人材を次々に登用して人事の刷新を図った。

いずれも重臣の献策に基づく人事ではあったが、春嶽自身がそれぞれと対面して人柄を確かめて抜擢した。

このころ春嶽は、靫負に、

「どうやら、わが藩も顔ぶれがそろってきたようだな」

と言った。靫負は深々とうなずいた。

「さようにございます。このような人材にて藩政改革を行えば、御家は安泰と存じおります」

春嶽は靫負の言葉に片方の眉を上げた。

「御家安泰か――」

靫負は訝《いぶか》しげに首をかしげた。

「御家安泰ではご不満でございますか」

春嶽は苦笑した。

「不満でなどあろうはずがない。ただ、わたしは大名になったからには、もう少し違うことをいたしたいのだ」

「さて、大名に御家安泰のほかになすべきことがございましょうか」

「父祖の代にはそれしかなかったであろうな。だが、いまは異国船がわが国をうかがっておる。清《しん》国はエゲレスから蹂躙《じゅうりん》されておるそうな」

春嶽は淡々と言った。

春嶽が襲封して間もない天保十一年、清国では、

――アヘン戦争

が起きていた。

このころ清国ではヨーロッパ諸国との通商を認めていた。だが、この中でイギリスは、インド産のアヘンを清国に持ち込み、莫大な利益をあげた。

このため清国はアヘンの吸飲と輸入を禁じた。それでも半ば公然としたアヘンの密

輸が後を絶たなかった。

新たに欽差《きんさ》大臣に任じられた林則徐《りんそくじょ》は、イギリス領事および英米のアヘン商人を商館に監禁してアヘンの引き渡しを強要するという思い切った手段に出た。

林則徐はアヘン二万余箱を提出させると、ことごとく廃棄した。

清国側としては国禁を守ろうとする当然の行為だったが、イギリスはこの処置を不当とし、武力を以《もっ》てアヘン貿易を確保しようとした。

イギリスは遠征軍を派遣し、厦門《アモイ》や舟山《しゅうざん》、寧波《ニンポー》を占領し、さらに乍浦《さほ》、上海《シャンハイ》、鎮江《ちんこう》を攻略して清国の副都、南京《ナンキン》に迫った。

清国は屈伏して南京条約を締結し、香港《ホンコン》の割譲や広州《こうしゅう》、福州《ふくしゅう》、厦門、寧波、上海の開港と林則徐が没収したアヘンの代価六〇〇万ドルの補償、軍事費一二〇〇万ドルの賠償などを認めた。

「まさに異国の暴虐は極まっておりますな」

靫負が言うと、春嶽は若々しい顔を向けて、

「そうであろう。それゆえ、わたしも何事かをなさねばならぬと思うのだ」

「何をされようというのでございますか」

靫負は春嶽を頼もしげに見つめた。

「知れておろう。日の本の国を守るのだ」

春嶽は虹のような気炎を上げた。

六

弘化二年春――

春嶽は薩摩藩世子の島津斉彬と親しく交際するようになっていた。

この年、春嶽は十八歳、斉彬は三十七歳だった。

斉彬の英明は諸大名に知られていた。

それなのに三十七歳まで世子のままでいるのは、父である斉興《なりおき》との確執があるからだ、と噂されていた。

しかし、日頃の斉彬はそのようなことをおくびにも出さない。鷹揚《おうよう》な振る舞いの中に才知のきらめきを包み込んでいるところがあった。

それは父、斉興に無用な警戒心を抱かせまいとする慮《おもんぱか》りからかもしれなかったが、斉彬本来の人柄でもあるのだろう。

春嶽は才をひけらかす人物を好まないだけに、斉彬に魅《ひ》かれるものを感じた。

斉彬は十八歳のときに、江戸でオランダ商館の医師、シーボルトに接した。それ以来、西洋文明に脅威を抱いて、蘭学者を招いては蘭書を講義させてきた。自身でも蘭

書を読解できるまでになり、

——蘭癖《らんぺき》

と言われるほどに西洋事情に精通するようになっていた。諸大名の中でも異国の知識は抜きん出ており、春嶽は傾倒した。

春嶽はあるとき、大名の節倹について斉彬に訊いた。すると斉彬は穏やかな表情で、

「大金は大事業に必要です。ゆえに、巨万の金であっても惜しむべきではありません。しかし、零細の金は節約しても害は無いものです」

と答えた。さらに、

「故に小金惜しむべし、ですな」

と言って笑った。

春嶽も笑いながら、節倹を美徳として言い習わしがちな大名の中にあって、まず大金の使い道を考える斉彬の胆力に感銘を受けた。

斉彬の曾祖父、島津重豪《しげひで》は豪快な性格で知られ、海外の文物に大きな興味を抱いたのも斉彬と同じだった。しかし、重豪の暮らしぶりは豪奢《ごうしゃ》を極め、このため薩摩藩の財政を窮迫させた。

斉興が斉彬へ家督を譲ろうとしないのは、重豪同様の蘭癖と贅沢《ぜいたく》で藩財政を破綻させることを恐れるがゆえでもあった。しかし、斉彬の金の使い様は天下のためになる

のだ、と春嶽は感じた。

（なるほど、大名はまずこの世でどのような大事業を成せるかを考えねばならぬのだな）

斉彬に会う都度、春嶽はその言葉を心に留め置いた。


春嶽は斉彬を師のように崇《あが》めるようになった。

そのことを見かねた靫負が、ひそかに、

「何と申しても、島津様は外様《とざま》にございます。徳川御一門である殿とは立場が違うことはわきまえていただかねばなりませぬ」

と諫言した。春嶽は笑って、

「疎宕爽快の靫負にしては、物が見えておらぬようだな」

と応じた。

「見えておりませぬか」

靫負は首をひねった。

「そうだ。身分秩序を大事に思ったのは泰平の世であったからこそだ。いまや、異国がわが国をうかがい、動乱の世となろうとしているときにそれでは立ち行くまい」

「それでは、親藩や譜代、外様の別がない世になると仰せでございますか」

靫負は目を瞠った。

「火事が起き、屋敷が焼け落ちそうになったとき、身分、出自を問うている暇はない。ただ水をかけ、火を消す人手が欲しいだけであろう。島津公は力強き火消しだぞ。ともに火消しをしてもらわねばならぬ方であるのは間違いないのだ」

春嶽がきっぱりと言うと靫負はため息をついた。

「殿のご見識、もはや、それがしの及ぶところではございません」

「そんなことはあるまい。わたしは若いゆえ、おのれの器量がいまだにいたらぬ。それゆえひとの器量を見分けることに敏《さと》いだけだ」

「それもまたご器量でありましょう」

「さて、どうであろうかな」

春嶽はからりと笑った。

このころ、春嶽はかつて国入りに際して、水戸斉昭を訪ねたように、表立たないながらも政治周旋の才を見せた。

常盤橋の藩邸に老中阿部《あべ》正弘《まさひろ》を招き、島津斉彬との対面を仲介したのだ。

正弘は備後《びんご》国福山《ふくやま》藩十万石の藩主でこのとき、二十七歳。幕府の奏者番、寺社奉行などを務めた後、わずか二十五歳で老中に任じられていた。

この年二月、水野《みずの》忠邦《ただくに》が失脚した後、老中首座の地位についたばかりだった。

正弘は若年ながら沈着冷静で物事の見極めがしっかりしていた。決して空疎な夢を追わず、漸進を好んだ。

正弘は十二年後、三十九歳で病没する。だが、幕閣を悩ませた水戸斉昭すら巧みに操る手腕を発揮し、正弘の存命中は朝廷と幕府が対立することもなかった。米国公使のハリスすら、正弘の死を、

「日本のために大損失である」

として惜しんだ。

斉彬は若くして幕閣で力を持つにいたった正弘に近づき、自らの経綸《けいりん》を語ろうとしたのだ。そのことを見抜き、さりげなく一夕の宴を準備した春嶽はこのころから、成熟した政治観を持っていたと言うべきだろう。

福井藩邸を訪れて斉彬や春嶽と歓談した正弘は、たちまち意気投合した。

福井藩邸での斉彬と正弘の会談は三度に及び、この間にやがて異国から迫られるであろう、開国について話し合った。

斉彬は盃《さかずき》を手に、

「異国の軍備は強大でいまのわが国では歯が立ちません。軍艦を製造し、防備を怠らぬことが肝要でございます」

と述べた。正弘はうなずきつつも、

「しかし、そのような備えができる前に異国が来たならばいかがすればよろしいのでしょうか」

と訊いた。斉彬は盃を膳に置いた。

「されば、そのおりは交渉をできるだけ引き延ばさねばなりません。しかし、それでもやむなき時は開国のほかはございますまい」

正弘は眉をひそめて考え込んだ。

「しかし、それで国中がまとまりましょうか」

「まとめていく算段をいたさねばならぬのです。幕府だけで抱え込まず、親藩、譜代、外様に関わりなく、さらに在野の者たちも力を合わせなければ、この国難が乗り切れないことは、清国におけるアヘン戦争を見ても明らかでございましょう」

斉彬の声は落ち着いて、ひとを信じさせる重みがあった。

正弘はほっとした表情になって、

「わかり申した。これからもお知恵をお貸しくだされ」

と頭を下げた。

「なんの――」

と言って斉彬は笑った。

「知恵ならば、この春嶽殿にございます。われらより、まず春嶽殿に訊かれるがよろしいかと存ずる」

春嶽は驚いて手を振った。

「島津殿が何を仰せになられますことか。わたしには何の知恵もございません」

斉彬は温顔を春嶽に向けた。

「さようなことはありませんぞ。十一歳にして藩主となられ、すでに家中の人事を刷新し、統御しておられる。いまだ、世子の身に過ぎぬそれがしから見れば、羨ましいような御働きでござる。さらに申せば、何と言ってもお立場がござる」

「立場と申されますと」

春嶽が怪訝《けげん》な顔を向けると、斉彬は嚙《か》んで含めるように言った。

「春嶽殿は何と言っても、徳川家御一門でござる。外様のそれがしと違い、幕閣にいかようなることでも物を言われることができる。さらに言えば、水戸様とはとりわけご昵懇《じっこん》と承っております。これから異国が迫ってくれば、水戸様のご意見は重みを増しましょう。そのようなとき、水戸様に話ができるのは春嶽殿だけかもしれませんぞ。されば、お立場が大きいということでござる」

斉彬の言葉を聞いて、春嶽はなるほど、と思った。自分のなさねばならぬことはそのあたりにあるのかもしれない、と思うと胸が躍る気がした。

「島津殿、阿部殿、よろしくお願いいたします」

笑顔になった春嶽は盃を重ねた。

素直に喜びを表すことができたのは、やはりこの座で春嶽が一番、若かったからかもしれない。

斉彬は春嶽を諸大名の中でも最も信頼した。後に、重篤となった斉彬は死を前に、新藩主となる茂久《しげひさ》の父である異母弟の久光に、

「諸侯中穏健誠実の第一の人物は春嶽公であるから、国事周旋にはその協力を仰ぐべきこと」

と遺言することになる。

福井藩邸での斉彬と正弘の会談がもたらした影響は大きかった。

春嶽は、斉彬と正弘の会談を仲介したこの年、藩士の鉄砲師役、西尾《にしお》源太《げんた》左衛門《ざえもん》、十左衛門《じゅうざえもん》父子を高島《たかしま》流砲術へ入門させ、洋式大砲の製造を学ばせた。

嘉永《かえい》元年（一八四八）から大砲の製造に取り組み、一年後には十三貫七百目筒二門、六貫目筒一門、百五十目筒三門を鋳造した。

春嶽は西洋大砲こそ、

――防禦《ぼうぎょ》利方之軍器

であるとして、さらに砲術の御家流も定めようとした。

翻訳した西洋砲術書によって砲術師役たちの流派を統合し、これによって定めた御家流砲術は家臣全員が学ぶことを命じた。

正弘は嘉永四年、薩摩藩主島津斉興を隠居させ、同藩の改革派に擁されていた斉彬を藩主とした。

さらに二年後の嘉永六年六月、アメリカ合衆国使節ペリーが来航して開国を要求すると、一年後の回答を約束した。

正弘は、ペリーのもたらしたアメリカの国書を諸大名や幕臣に示して、忌憚《きたん》なく意見を出させた。天下の大政を幕府の独占とせず、広く考えを聞く政治を始めたのである。

このころ二十六歳となっていた春嶽は、一躍、天下に乗り出すことになる。

幕府の意見聴取に応じて春嶽は、

「必戦の覚悟を以てペリーの再来を待つべし」

とする、勇猛な鎖国論を述べたが、それとともに、

「なるだけ後患に相成らざる様の御懸合にて、御許容は御座あるべき儀と存じ奉り候」

と開国へ含みも持たせた。

斉彬、正弘との密議でいずれ、開国のやむなきにいたると春嶽は理解しており、た

だできるだけ軍備をととのえる時間を得るため鎖国論をとなえたのだ。

　家中の西洋式兵術調練も春嶽は盛んに行っていた。浦賀にペリー艦隊が来航した際、福井藩は品川御殿山《しながわごてんやま》の警衛を命じられた。

　福井藩では五色に分かれた御備《おそなえ》組を出動させた。赤備は大砲一門と鉄砲方、青備と白備は大砲二門、黒備と黄備は鉄砲方などいずれも火砲を備えた部隊だった。

　だが、ペリー艦隊の威容を前にすると、大砲の射程距離などの装備の差は歴然としていた。はなやかな五色の部隊も古色蒼然《そうぜん》としたものに見えた。

　春嶽は愕然として、家中に、

「今後、十年は軍備一途にすべし」

　と訓告していた。

　幕末の風雲が始まったのである。

七

　ペリー来航の際、老中阿部正弘は水戸斉昭を小石川の水戸藩邸に訪ねて、ペリーへの対応について意見を求めた。攘夷《じょうい》の総本山である斉昭の意見を徴することで国内の意見の統一を図ろうとしたのだ。

阿部は斉昭を訪れる仲介を春嶽に依頼した。春嶽が斉昭のお気に入りであることは幕閣にも知られており、矯激な斉昭をなだめるのは春嶽しかいないと思われていたのだ。

さっそく春嶽は水戸藩邸に出向いて斉昭を説いた。斉昭は初めしかめ面で聞いていたが、春嶽が語り終えると、

「春嶽殿の言われることじゃ、むげにはできぬな」

と阿部との面談を承知した。

その後、阿部と会った斉昭は春嶽への手紙で、

——身に余りありがたき事

と仲介の労を謝した。斉昭にしても幕閣に意見を述べたいと思いつつも御三家の体面上、押しかけるわけにもいかなかったのだ。

春嶽は江戸藩邸で斉昭の手紙を読み終えると、

「水戸様には珍しく正直なことよ」

と笑った。それだけ斉昭もペリー来航で緊張していたのだ。

ペリーは一年後にアメリカ大統領の国書への返事を受け取りにくると告げて、浦賀

を去り、琉球《りゆうきゆう》に立ち寄った後、香港に向かった。ペリーは日本人について、『日本遠征記』に、

――日本人は自惚《うぬぼ》れ強く、頑迷で不遜《ふそん》で油断のならぬ国民であるが、威力の前には恭順である

としている。この時から欧米諸国と日本の開国をめぐっての駆け引きが始まるのである。

このころ清国では〈太平天国《たいへいてんごく》の乱〉が起きて国土を二分する騒乱となっていた。ペリーが香港に回航したのもアメリカ居留民の保護のためだった。

一方、この年、ヨーロッパでは、中近東やバルカン半島の支配権をめぐって、イギリス、フランス、サルデーニャ、オスマン・トルコの四カ国連合とロシアとの間で〈クリミア戦争〉が勃発した。

この戦争は三年にわたって続き、クリミア半島と黒海《こっかい》を主戦場に、ドナウ川流域、バルト海から極東のカムチャッカ半島にまで戦火が広がった。

緒戦《しよせん》ではロシアの黒海艦隊がトルコ艦隊に大勝利するなど優勢に展開したが、イギリスとフランスが参戦するとしだいにロシア側の兵器弾薬の不足や環境の劣悪さが露

呈した。

黒海沿岸のロシア最大の要塞セバストポリが開戦から二年後に陥落すると戦争の勝敗が決定する。また、敗戦によってロシアのヨーロッパでの南下政策は挫折し、極東地域での南下を目指すことになった。

ペリー来航から一ヵ月後の七月十八日、ロシアの使節プチャーチンが国書を携えて長崎を訪れた。プチャーチンもまた再来を告げて去るが、この国際情勢が日本の幕末から明治にかけて大きな影を落とすことになる。

後に春嶽の謀臣となる橋本左内は、国際情勢を分析して、

――英・魯（ロシア）は両雄並び立たざる国故、甚だ以《もっ》て扱ひかね申し候

とイギリスとロシアこそが世界の二大強国だと見なした。さらに、長崎に来航した際のロシアの態度が穏当であったことから、

――魯は信あり

としてむしろロシアと同盟すべきだと主張した。

ペリーの来航により、泰平に眠っていた日本は突如、世界の戦乱に巻き込まれ、進路を模索しだしたのだ。

春嶽が島津斉彬から一橋慶喜を将軍継嗣とする考えを打ち明けられたのは、ペリーが来航して間もない七月一日のことである。

この日、江戸城に登城した春嶽は、家門が詰める大廊下《おおろうか》の間《ま》にいたところ、外様《とざま》大名が詰める大広間《おおひろま》にいた斉彬が大廊下控えの間に来て面会を望んでいると、茶坊主から知らされた。

春嶽が気軽に控えの間に行くと、斉彬がいつもと変わらない温容さで待っていた。

茶坊主が茶を持ってきた後、斉彬はあたりをうかがってから、声を低めて、

「実は、将軍家継嗣のことでお話しいたしたきことがござる」

と言い出した。

うなずいて耳を傾けていた春嶽は斉彬の話が進むにつれ、緊張した。

十二代将軍徳川家慶はペリーが来航して幕閣が対応に追われていた最中の六月二十二日に薨去《こうきょ》した。六十一歳だった。

家慶は、十四男十三女を儲《もう》けたが、いずれも夭折《ようせつ》し、生きて成人したのは家定だけだった。だが、家定も幼少の頃から虚弱で自信が持てないからか人前に出ることすら

嫌った。世継ぎの誕生は期待が持てず、わが国がペリーの来航という難局にあるだけに、継嗣の決定は急務だった。

しかし、将軍継嗣について口にする斉彬を春嶽はまじまじと見つめた。

(わたしだからよいが、ほかの大名なら島津殿の腹の底を疑うであろうな)

と、春嶽は斉彬という人物が理解できる大名はほかにいないだろう、と自負の念を抱きながら思った。

同じ時期に斉彬は島津家の分家の娘である篤姫《あつひめ》を養女として家定の正室にしようとしていた。島津家から将軍正室を輿《こし》入れさせる話が持ち上がったのは嘉永三年(一八五〇)のことである。

世子《せいし》のころ家定は、公家《くげ》の鷹司政通《たかつかさまさみち》の妹任子《あつこ》、一条忠良《いちじようただよし》の娘秀子《ひでこ》を正室としたが、いずれも夭逝《ようせい》した。

このため家定の生母である本寿院《ほんじゆいん》が、かつて将軍家斉の正室に迎えた島津出身の広大院《こうだいいん》が子に恵まれたことから、島津家からの輿入れを望んだのだ。

斉彬には家定と年頃が合う娘がいなかったことから、嘉永六年三月に島津一門である今和泉《いまいずみ》領主島津忠剛《ただたけ》の娘一子《いちこ》を篤姫と改名し、実子として届け出た。

老中阿部正弘は斉彬と徳川家の結びつきを強くしようと篤姫の輿入れを熱心に勧めていた。

ペリー来航という思いがけない事態で輿入れは遅れているが、いずれ斉彬は将軍の岳父《がくふ》の立場になることは間違いない。

その斉彬がさらに将軍継嗣の決定にまで関わろうとするのは、あたかも将軍家を乗っ取ろうとする大陰謀のようでもあった。しかも、そんな斉彬は薩摩で反射炉や溶鉱炉を造り、大砲や小銃の製造から軍艦の建造、さらに薩摩切子、陶磁器、砂糖などの特産品で海外との交易を図ろうとしている。

あるいは、薩摩は一国だけで幕府と対峙《たいじ》できる力を持とうとしているようだった。

（そんな薩摩をどこまでも信じてよいのか）

春嶽の胸にわずかながら懸念があった。

斉彬は茶を喫してからゆっくりと口を開いた。

「将軍継嗣として一橋慶喜公を立てることはこれまで阿部正弘殿と話し合って参りました。ついては、慶喜公の実父である水戸斉昭様の了解を得ねばならないのですが、斉昭様と親しい春嶽殿に仲介をお頼みいたしたいのです」

「なるほど、さようなことですか」

春嶽はやわらかく応じた。

「水戸様は春嶽殿をことのほかお気に召しておられると聞いております。外様のそれがしから申し上げるとあらぬ疑いをかけられるかもしれませんが、春嶽殿なら素直に聞いていただけようと存ずる」

笑みを浮かべて斉彬が話し終えると、春嶽はうなずいて、

「そのこと承知いたしました」

とあっさり答えて、じっと斉彬を見つめた。

「島津様のお役に立てるなら嬉《うれ》しゅうござるが、慶喜公を将軍世子とされて、何をされようというのか、お聞かせくだされ。それを知らずに水戸様にお話しいたしては不実でありましょう。また、どのようなことをお考えかうかがったうえで、水戸様への橋渡しをお断りしたりはいたしませぬ。されば、気兼ねなくお話しいただきたい」

慎重な春嶽の言葉に斉彬はうなずいた。

「さすがに春嶽殿は用心深《ぶこ》うござるな。されば申し上げるが、わたしが慶喜公を将軍継嗣に推そうと思い立ったのは国難に立ち向かうためでござる」

斉彬の目に強い光が加わった。

春嶽は緊張した面持ちで斉彬の話に耳を傾ける。

「将軍継嗣のことにわれら外様が口をはさむことは、僭越《せんえつ》にて陰謀にも似ておりますゆえ、あらぬ疑いをかけられるかもしれませぬ。しかしそれがしがこれをなさねばならぬと思うのは、来年にはアメリカのペリーが再び、来航いたし、開国を迫るからでござる。そのときは親藩や譜代、外様の別なく大名すべてが力を合わせ、この国に西

洋に負けない軍備と産業を持たせねばならないのです。英明な将軍でなければならないのです。これからは開国か攘夷かをめぐって国論が二分されましょう。しかし、攘夷の総本山たる水戸斉昭様の実子である慶喜公がやがて将軍となれば、議論をまとめ、挙国一致で国難にあたることができるのではありませんか」

斉彬が述べていることは明快だった。

黒船来航という難局にすべての大名が立ち向かわねばならない、ということだが、それは同時にいままで幕府を中心にしてきた国の在り様を変えようということでもあった。

諸大名が自らの意見を述べて国を動かすようになればどうなるか。

将軍が治める国から大名たちが連合して治める国にしようということにほかならない。だが、清国でアヘン戦争を起こしたイギリスなど西洋諸国と対等に渡り合うためにはそれを行うしかないのだ。

斉彬の言葉を聞いていた春嶽は膝を叩《たた》いて興奮した面持ちで、

「まことに天下を救う妙策でございます」

と言った。斉彬の構想に従えば、英明な将軍と諸大名の間に立つ徳川一門の大名の役割が重要になる、と春嶽は察した。

（わたしにしかできぬことだ）

春嶽の胸はしだいに昂揚《こうよう》してきた。

斉彬は穏やかな微笑を浮かべた。

「策は行ってこそ、意味があります。実現いたしてこそ初めて妙策と呼べるのでございましょう」

「されど、この策を行えば、わが国は根こそぎ変わることになりはしませぬか」

春嶽がたしかめるように問うと斉彬は鷹揚《おうよう》にうなずいた。

「さようなことになるかもしれません。ただ、それを恐れておのれの地位や身分に固執すれば国を亡《ほろ》ぼすことになりましょう。わたしはかような思い立ちをしたからには、薩摩だけでなく、おのが身をも捨てる覚悟を定めてござる」

斉彬の様子は深沈として軽々しい気負いは感じられない。それだけに覚悟の深さが胸に響いて春嶽は慄然《りつぜん》とした。

斉彬はおのれの野望で事をなそうとしているのではないのだ。斉彬が襲封するまでの薩摩藩の事情は複雑で、斉彬の子が薩摩古来の兵道という呪術によって殺された気配があるなど、陰惨な確執が続いた。しかし、斉彬が藩主となっても家中での反対派に報復しようとしないのは、国難に対処することを自らの使命と考え、私情を捨てているからのようだ。

斉彬は自らを捨てる覚悟をして、自分にもそれを迫っている、と悟った春嶽は思わず緊張した。

（はたして自分にそれほどの覚悟があるだろうか）

斉彬に感嘆しながら、春嶽は省みて不安な思いにかられた。

春嶽は嘉永元年一月、一橋家を訪問した際に慶喜に会っていた。この時、慶喜は十二歳、春嶽は二十一歳だった。やはり同じころ斉彬も慶喜に会っており、

「天才のひらめきがある若君ですな」

と感嘆していた。斉彬ほどのひとが褒めるのだから、相当に才長《た》けているのだろうと春嶽は思った。

実際、会って話してみると目から鼻に抜けるような利発さがあった。斉昭は慶喜が幼いころからその資質を認め、

「七郎麿《しちろうまろ》（慶喜）はあっぱれ名将になろう。しかし善くしないと手に余るであろう」

と期待していた。また、慶喜は、

――日角《にっかく》

という特異な人相をしていた。日角とは、額の左側に小さな円形でかすかに隆起している部位がある相だ。貴人の相だとされ、水戸黄門《こうもん》の名で知られる徳川光圀がこの日角の相だったと水戸家では伝えていた。

そんな人相も斉昭にとっては貴く思えていたのだ。しかし、慶喜と話すにつれ、春嶽は何となくうそ寒いものを感じた。

斉彬ほど素直に感心しないのは、あるいは親戚であるためのひややかさだったかもしれない。

春嶽が慶喜から受けた印象を素直に言えば、

(小才子《こざいし》ではないか)

というものだった。国を破るのは、このような小才子なのではないか、という思いが湧いた。

春嶽はあらためて慶喜の日角を見つめて不吉なものを感じた。だが、やはり斉昭や斉彬の目を信じるべきではないか、と自分に言い聞かせた。

この時、慶喜に感じた予感が正しかった、と春嶽が思い知るのは、幕末になってからのことだった。

八

数日後、春嶽は藩邸にひとりの客を迎えた。

客は図々しく、

「酒を頂戴《ちょうだい》したい」

と自ら求め、したたかに酔った。大名らしく品格のある酔態ではあったが、酩酊《めいてい》するほどに多弁になった。

「島津殿は志士と申すべきだな。近ごろは在野の学者や軽格の者が尊王攘夷を口にして自ら志士と名のるそうな。片腹痛し、まことの志士とは島津殿のようなおひとのことだ」

土佐藩主、山内豊信《とよしげ》、号して容堂である。

容堂は、藩主山内氏の分家でわずか千五百石の南屋敷山内家の長子として高知《こうち》城下に生まれた。母は側室で本来、藩主になることなく朽ちるはずだった。

だが、十三代藩主豊熙《とよてる》が三十四歳の若さで死去し、跡を継いで十四代藩主となった、容堂にとっては従兄《いとこ》にあたる豊惇《とよあつ》が嘉永元年に病没した際、その養子となって十五代藩主の座に就いた。

思いがけず藩主の座が転がり込んできたのだ。

襲封当初こそ門閥の重臣に藩政の実権を握られていたが、持ち前の剛毅《ごうき》な気性を発し、家臣のうち、吉田《よしだ》東洋《とうよう》と小南五《こみなみご》郎《ろう》右《え》衛門《もん》を抜擢《ばってき》して海防強化と財政改革などを断行し、世間の注目を集めた。

ちなみに吉田東洋は後に幕末の風雲の中で武市《たけち》半平太《はんぺいた》率いる土佐勤王党に暗殺され

る。このため容堂は尊王攘夷派とは相容《い》れない敵となる。

容堂は大酒家で自ら、

——鯨海酔侯《げいかいすいこう》

と称していた。豪放磊落《ごうほうらいらく》な容堂は漢詩人としても優れており、その言動は時に市井《しせい》の遊侠《ゆうきょう》を思わせ、洒脱《しゃだつ》だった。

謹直で温和な春嶽より一歳上だが、ともに二十代とあって仲がよかった。

この日も越前藩邸に遊びに来た容堂は酔うと、将軍継嗣について話し、さらに斉彬の人物評へと談論風発した。

容堂は嘯《うそぶ》いて豪快に笑うと小姓に朱塗りの大盃《たいはい》になみなみと酒を注がせてゆっくりと飲み干し、

——子の曰《のたまわ》く、志士《しし》仁人《じんじん》は、生を求めて以《もっ》て仁を害すること無し、身を殺して以て
仁を成すこと有り

と『論語』の一節を唱えた。

志のある人や仁のある人は、生きることを求めて仁を害することは無い、身を殺して仁を成し遂げることがある。

すなわち、志士、仁人は生命を永らえるために徳を損なうことがなく、身を殺して徳を行う、というのだ。

「なるほど、身を殺して以て仁を成すこと有り、か。島津殿はまさにさような方だな」

春嶽は盃《さかずき》を口に運びながらつぶやいた。

「そうであろう。島津侯はわれらとできが違うぞ」

容堂はからからと笑った。

春嶽は容堂を、

――熟友

と呼んで、ひとには見せないざっくばらんな様子で接するのが常だ。春嶽にとって容堂は唯一の友だとも言えた。

「島津殿は君主だ。ひとに仕える士ではない」

春嶽が言葉尻をとらえると、容堂は大げさに息をついた。

「世間では松平春嶽を賢侯などと呼ぶが大きな間違いだな。さような些事《さじ》にこだわっては天下をとれんぞ」

「わたしは天下をとろうなどとは思っていない」

容堂は頭を大きく振った。

「いかんな、さようなことにこだわってどうする。島津侯にはすでに蓋世《がいせい》の気概があるぞ。それなのに春嶽殿は字句にこだわるか。小さい、実に小さいのぅ」

慨嘆する容堂を春嶽は微笑して見つめた。

「そうかもしれないが、大名が志士となって思うさま動きだしたら、世の乱れとなるのではないのか」

容堂はふと春嶽を見つめて、

「それでかまわぬではないか」

と思いがけず、真剣な表情で言った。そして盃を上げて自作の詩を吟じた。

風は妖雲を捲《ま》いて日斜めならんと欲す
多難意に関して家を思わず
誰か知らん此《こ》の裏余裕有るを
馬を郊原に立てて菜花を看《み》る

風は怪しげな雲を巻き起こし、日は山に沈もうとしている。今、国家は前途多難の時であり家の事など考えてはいられない。いまはどれほどの余裕があるか、誰が知ろう。この様なおり、郊外の野に馬をとどめ、今を盛りの菜の花を眺めるばかりだ、という詩である。

激動の時代に遭遇し、立ち向かおうとする容堂の気概が表れている。

「われらはたしかに大名だが、ペリー来航という国難に遭遇した。ならば、たとえ大名であっても志士となるべきではないのか」

容堂が問いかけると、春嶽は首をかしげた。

「大名志士か――」

容堂は大きくうなずいて膝を叩いた。

「その通り、われらが志士とならねばこの国を守ることはできんぞ」

春嶽はにこりとした。

「わが意を得たりだな」

容堂は膝を進めた。

「ならば言おう。大名が志士となって動くには優れた謀臣が要るのだ。わたしには吉田東洋あり、水戸様には藤田東湖、戸《と》田《だ》蓬軒《ほうけん》ありだ。島津殿は自ら何でもできるおひとゆえ、あるいは謀臣は要らぬかもしれぬ。しかし春嶽殿には謀臣が必要であるとわたしは思う。もし、春嶽殿が蜀《しょく》の劉備《りゅうび》のように、伏龍《ふくりゅう》、鳳雛《ほうすう》を得たならば、天下は自ずから春嶽殿に服することになろう」

『三国志』では、いまだ不遇の身にある劉備に司馬徽《しばき》こと水鏡《すいきょう》先生が、

「伏龍と鳳雛を得れば天下を握ることができる」

と教える。

伏龍とはまだ池の淵《ふち》で眠り、天に昇ってはいない龍、鳳雛とは鳳凰《ほうおう》の雛《ひな》のことである。すなわち、いまだ世に現れていない英才を指す。

劉備はその後、伏龍である諸葛孔明《しょかつこうめい》、鳳雛である龐統《ほうとう》を家臣の列に加え、魏《ぎ》の曹操《そうそう》、呉《ご》の孫権《そんけん》と天下を三分する英雄となるのだ。

「これから国論が開国か攘夷かで二分されると思わねばならぬ。そのおりには開国であり、攘夷でもある第三の道を指し示す英雄の登場が待たれるかもしれぬ。それだけに春嶽殿は諸葛孔明のごとき大才を謀臣になされよ。さすれば、春嶽殿は北越の地より、天翔《あまか》けることができますぞ」

酩酊した容堂の放言だと春嶽は聞き流そうとした。

だが、その時、伏龍、鳳雛とはあの者ではないのか、という天啓が春嶽にひらめいた。春嶽はその者の名を口の中でつぶやいた。

――横井小楠

である。小楠は肥後藩士、百五十石の横井時直《ときなお》の次男で通称は平四郎《へいしろう》。文化《ぶんか》六年（一八〇九）の生まれで、この年、四十五歳。儒学に秀で、藩校時習館《じしゅうかん》に学び、江戸にも遊学した。熊本に戻ってからは私塾を開き、国家経綸《けいりん》の学を応用する〈実学〉を志向しているが、その学識はすでに諸国に知られるようになっていた。

儒学の理想を真摯《しんし》に追究する中で経済の重要性に着目し、さらに西洋社会への理解を深めたところに小楠の特異さがあった。

後の慶応《けいおう》二年（一八六六）、甥《おい》たちが、アメリカに留学するに際して贈った、

――堯舜孔子《ぎょうしゅんこうし》の道を明らかにし、西洋器械の術を尽くせ。何ぞ富国に止《とど》まらん、何ぞ強兵に止まらん。大義を四海に布《し》かんのみ

という言葉によく表れている。

西洋文明を理解し、取り入れようとしながらも、儒教を極め、道義国家を造り上げようというのだ。また、小楠は後に知己となる幕臣、勝海舟に、「今日はこう思うけれども、明日になったら違うかも知れない」と述べたという。小楠は儒学の〈格物致《かくぶっち》知《ち》〉を身をもって体現し、

――古今勢異候。勢に随《したが》ひ理亦不同候

としていた。昔も今も〈時勢〉は異なる、〈時勢〉に随って、理もまた変わるのだ

という。そんな小楠について勝海舟は明治になって、

――おれは、今までに天下で恐ろしいものを二人見た。それは、横井小楠と西郷南《さいごうなん》洲《しゅう》（隆盛《たかもり》）とだ。横井の思想を西郷の手で行われたら、もはやそれまでだと心配していたに、果たして西郷は出て来たワイ

と話した。

そんな小楠が二年前の嘉永四年六月、上方《かみがた》遊歴中に福井藩を訪れていた。

このころ福井藩の学問の中心だった吉田東篁《とうこう》と小楠は山崎闇斎の流れを汲《く》む崎門学派の同門であり、その縁で足をのばしたのだ。また、この時、小楠は後に春嶽の股肱《ここう》の臣となる橋本左内とも大坂で会った。

福井藩の藩医の家に生まれた左内はこのころ、緒方洪庵の適塾で蘭学を学んでいた。左内は、小楠の印象を、

――愈《いよいよ》其の造詣の深き様に思はれ候

と知人への手紙で書いている。

小楠の福井滞在は十五日間におよび、この間に『大学』などを講義した。聴講した藩士の中に三岡八郎がいた。それまで武術鍛錬ばかりをしていた三岡は小楠の実学の思想にふれて感激し、小楠に尊崇の念を抱いた。

小楠の福井滞在は藩士たちに大きな印象を与え、福井藩に小楠を招聘《しょうへい》してはどうかという声が起きていた。

春嶽が小楠の名をつぶやいたのはこのためだった。

容堂は耳聡《ざと》く、春嶽のつぶやきを聞き取った。

「肥後の横井小楠か——」

容堂は少し考えた後、膝を大きく叩いた。

「用いるべし。横井小楠は春嶽殿にとっての諸葛孔明となろう」

容堂は断言したものの、そのまま酔いつぶれてしまい、やがて家臣に背負われて辞去していった。

春嶽の耳にはこの、

——用いるべし。横井小楠は春嶽殿にとっての諸葛孔明となろう

という容堂の言葉が永く残った。

翌嘉永七年（安政元年）——

ペリーが軍艦七隻を率いて浦賀に再び来航した。

幕府は神奈川の横浜村で交渉にあたった。この結果、三月三日に日米和親条約が結ばれた。その内容は、

一、下田《しもだ》と箱館《はこだて》の二港を開いて、食料、石炭、その他必要な品物の供与
一、漂流民の救恤《きゅうじゅつ》
一、船中欠乏品の供給
一、開港場における外国人の遊歩区域の設定
一、片務的最恵国約款の設定
一、十八ヵ月以後に外交官の駐在

などというものだった。

これによりオランダ、清国の外国船の入港を長崎に限り、日本人の海外渡航を禁じた寛永《かんえい》十二年（一六三五）の鎖国令は二百二十年ぶりに解除された。

幕府はアメリカとの和親条約締結に踏み切った以上は他の国に対しても門戸を開かざるを得ず、この年の八月にはイギリス、十二月にはロシア、翌安政二年（一八五五）にはオランダと次々に和親条約を締結していった。

もはや、開国は現実となり、誰にも止めることはできなかった。

これ以降、攘夷は鎖国を守る鎖国攘夷ではなく、条約を破棄して鎖国に戻ろうとする、

——破約攘夷

へと変わるのである。言うならばいったん門を開きながら、入ってきた客を追い出し、あらためて門を閉じるのに似ていた。

攘夷の実行の難しさはここにあった。

この間、朝廷では、「夷狄《いてき》との交際は神国を汚す」との素朴な攘夷論が沸騰したが、幕府との対立が表面化するまでにはいたらなかった。

老中阿部正弘は諸外国に押し切られて和親条約締結に踏み切りながらも、国内では、水戸斉昭、島津斉彬、松平春嶽との連携を密にすることで世論一致の平衡を危うく保っていた。

斉昭はしだいに開国に傾く幕府に飽き足らず、朝廷に親しい公家を通じて自らの意見を伝える〈京都手入れ〉を行っていた。しかし、阿部はこれを懸命になだめて幕府につなぎとめようとしていた。

文字通り諸大名の要《かなめ》として、国難への挙国一致を模索していたのだ。しかし、安政四年六月、阿部正弘は内憂外患の最中、働き盛りの三十九歳の若さで病没した。

春嶽にとって阿部の死は衝撃だった。

朝から小雨が降る日だった。

阿部家の使者が藩邸の門から駆け込んできた。

――阿部正弘逝去

を報《しら》せるためだった。

藩邸で阿部の死を知った春嶽の家臣、中根靱負は、

「困りましたな。これからは誰を頼りにしたらよいものかわかりませんぞ」

とうろたえた。

春嶽もため息をついた。

「困るのはわれらだけではない。島津殿も困られようし、何より日本国が困るであろう」

「や、それほどでございますか」

「阿部殿は島津殿を信じるところがまことに厚かった。ほかの老中ならば島津殿の動きを猜疑《さいぎ》の目で見よう。それがなかったのは阿部殿の見識の高さだ」

「それが失われたということはこれからが難しくなりますな」

「うむ、嵐の海に船頭無しで突っ込んでいくようなものだな」

「では、急いで船頭を探さねばなりませんな」

靱負は春嶽をうかがい見た。春嶽こそが新たな船頭になるべきだ、と言いたげだっ

た。

春嶽は頭を振った。

「わたしは無理だぞ」

「なぜにございますか。お家柄から言えば大老になられても不思議ではございません。殿自らが望まれるかどうかだけではございませんか」

靫負は膝を進めた。苦笑して春嶽は答える。

「ひとには器というものがある。わたしにはそれがないのだ」

「さようでございますかな」

靫負は首をかしげた。

人物、識見とも大老になるのにふさわしいものを春嶽は持っている。もし、足らぬものがあるとすれば、野心と我執だろう。

謙譲に過ぎる春嶽はひとに思わず、譲ってしまうところがある。

阿部の死後、幕政を率いたのは老中首座の堀田《ほった》正睦《まさよし》である。堀田について靫負は、

――良善無我の人にして、かねて西洋事情に通じ

としている。堀田は西洋事情に詳しい開国論者で能吏ではあったが、阿部のような周到な根回しをする政治手腕は持っていなかった。

幕末政局の迷走は、阿部の死から始まった。

九

阿部の死から間もない安政四年八月、春嶽は大廊下詰大名の中でも親しい徳島《とくしま》の蜂《はち》須賀《すか》斉裕《なりひろ》、津山《つやま》の松平慶倫《よしとも》、鳥取《とつとり》の池田《いけだ》慶徳《よしのり》、明石《あかし》の松平慶憲《よしのり》らを藩邸に招いた。五人で意見を交換し、このころアメリカの総領事ハリスが求めていた修好通商条約締結をやむなしとするとともに、ハリスの江戸城登城、将軍との謁見も認めるという開国論をまとめた。

さらに春嶽は堀田老中に、

——方今の形勢、鎖国致すべからざる義は、具眼の者瞭然と存じ奉り候

と始まる建白書を提出し、開国派としての旗幟《きし》を鮮明にした。

この時期、春嶽は福井からひとりの若い藩士を呼び出し、

――侍読兼内用掛

に任じた。

橋本左内である。

左内は蘭学修業を終えて嘉永五年に福井に戻り家督を継いだ。その後、江戸に遊学して坪井信良《つぼいしんりょう》らに学んだ。藤田東湖ら水戸藩士とも交わり、見識を広めた。

安政二年には藩命により帰国、医員を免じられ、書院番となった。

このころから左内の英才を推す声が藩内で高まった。このため春嶽は左内を江戸に呼んだのである。

左内はこの時、二十四歳。眉目《びもく》秀麗でなで肩、五尺そこその小柄な体格だった。春嶽は江戸藩邸で初めて左内に会った際、その温順な様子を見て、有能な吏僚だろうとは思ったが、それ以上の器量だとは思わなかった。

しかし、話をするに従って目を瞠《みは》った。左内は、

「仁義の道、忠孝の教えはわれらが西洋より勝っております。されど、器械、技術の巧妙は西洋よりとらねばなりません」

と説いた。これは、松代《まつしろ》藩の佐久《さく》間象山《ましょうざん》と同じであり、当時の洋学者に共通した考えだった。

だが、左内はそれに止まらず、福井藩の諸物産を諸外国に輸出するべきだ、と述べ

た。五大州相手の貿易振興策を主張した。左内は貿易によってこそ民を富まし国を盛んにすることができる、すなわち、

――元来民を富し、国を盛に成され候御趣意

であると言うのだ。聞くにつれ、春嶽は笑みを浮かべた。横井小楠は伏龍かもしれないが、この左内は、

――鳳雛

ではないかと思った。

(用いるべし――)

春嶽は決断した。

藩の貿易振興を任せようというのではない。

春嶽にとってただいまの最大の政治課題である将軍継嗣の運動に左内を謀臣として使おうというのだ。

このころ春嶽は開国論を主張するとともに、老中堀田正睦、久世《くぜ》広周《ひろちか》、松平忠固《ただかた》を歴訪して、慶喜を将軍継嗣とすることを説いた。

さらに十月に入ると従兄で阿波《あわ》徳島二十五万石の藩主蜂須賀斉裕と連署して慶喜擁

立の建議書を幕府に提出した。

これらの動きで春嶽の意を受けて左内が動いた。島津斉彬は将軍岳父の立場もあり、表立って動くことができないため、春嶽が慶喜を擁立しようとする一橋派の総帥と見なされるようになった。

春嶽のもとに島津斉彬、山内容堂、伊達宗城ら名だたる賢侯が集まっていると世間では見るようになった。

春嶽は、

――大名志士

として猛然と動き始めたのだ。

十二月八日――

霊岸島《れいがんじま》の福井藩下屋敷をひとりの大柄な薩摩藩士が訪れた。橋本左内を訪ねてきたという薩摩藩士は、

――西郷吉之助《きちのすけ》

と名乗った。左内はすぐに奥の部屋で西郷と会ったうえで、

「明日も来ていただけるのであれば、主君にお引き合わせいたす」

と告げた。

「そいはありがとございもす。わが殿から命じられたこともありもすゆえ、ぜひとも拝謁いたしとうございもす」

翌日――

左内はひそかに春嶽の御前に西郷を案内した。

よく光る大きな目を持つ西郷は春嶽の前でかしこまると、斉彬からの書状を差し出した。

この時期、斉彬は参勤交代で鹿児島に戻っており、将軍継嗣の問題で動くことができないため、西郷を遣わしたのだ、という。

西郷は辞儀を低くして、

「ご家臣と思《おぼ》し召して、存分にお使いいただきたい」

と述べた。斉彬は篤姫を通じて将軍継嗣に慶喜を推す工作を大奥で行おうとしていた。春嶽は武骨そうな西郷が大奥での工作を行うことにおかしみを感じた。

「その方、女人相手に事をなすのは苦手そうに見えるが、大丈夫なのか」

春嶽が諧謔《かいぎゃく》を込めて言うと、西郷は顔をあげてにこりとした。

「まっこて、さようにございもす。それゆえ、困ったおりには橋本さあに手助けを願いもす。そのかわり、荒くれの男を扱わねばならぬときは、おいにまかせていただきとうございもす」

戯言《ざれごと》に諧謔で応《こた》えた西郷を春嶽は気に入った。

「なるほど、島津侯はそなたのことをわが家の宝じゃと仰せであったが、何とのう、その意味がわかった気がするぞ」

西郷はゆったりと微笑すると手をつかえ、

「かねて、わが主より、大奥への手入れを行うよう申し使っておりもす。身命を賭して成し遂げもす」

と頼もしく言った。そして、左内にちらりと目を向けた西郷は左内がうなずくのを待ってから、

「わが主からお伝えするよう申し付かっておることがございもすが、よろしゅうございましょうか」

と声を低くして言った。

春嶽は眉をひそめて、

――申せ

と告げた。西郷は顔をあげて、

「されば――」

と口を開いてから、

「一橋慶喜様のほかに将軍継嗣に紀州の慶福様を推す動きがあるとはご存じじゃと思

いもす」

紀州藩主徳川慶福を将軍継嗣に推す動きが去年あたりから出ていることは春嶽も耳にしていた。慶福は血筋からいえば御三家や御三卿の中で最も将軍家定に近い。だが、慶福はようやく元服したばかりの十二歳である。

ペリー来航以来、諸外国が開国を迫って国事多難のおりだけに英明な慶喜こそが将軍にふさわしいと思う春嶽は、慶福を擁立する動きをさして気に留めていなかったのだ。

左内は眉をひそめた。

「紀州の付家《つけが》老《ろう》、水野忠央《ただなか》様はなかなかの利《き》け者だと聞いております」

水野忠央は紀《き》伊《い》国新宮《しんぐう》城主で所領は三万五千石と大名並みである。忠央は器量人で蘭語や英語、フランス語などの原書を多く翻訳させて新知識の導入に努め、洋式砲術や造船、操船術などを研究した。さらに藩の兵制を一変させ、洋式銃隊を編制したほか和歌山湊御殿《みなとごてん》の馬場で騎馬調練を行うなどしていた。

忠央の水野家は名門だったが、紀州藩の付家老として陪臣となったことに不満を抱いていた。そのために慶福を将軍継嗣にして、やがて慶福が将軍となった暁には、幕閣に加わろうという野心があった。後に、長州の吉田松陰《しょういん》が、

――水野奸《かん》にして才あり、世頗《すこぶ》るこれを畏《おそ》る、一世の豪なり

と評した。

「さよう、その水野様が慶福様を将軍継嗣とすることにえらく力を入れておられるそうでごわす。なにしろ水野様の所領の熊野《くまの》三山は幕府公認で金貸しをしてその収入は年間五十万両と言いもす。また、新宮で産する熊野炭は江戸に年に十万俵も送られて大層な金になっているとのことでごわす。この金を使って慶福様を将軍継嗣に押し上げようとするなら、恐るべき敵でごわんそ」

西郷の言葉に春嶽は顔をしかめた。

「国運に関わる、将軍継嗣の座を金で買おうというのか。許せぬな」

西郷は包み込むようなゆったりとした笑みを浮かべた。

「金を何に使うかは持っている者の勝手にごわそう。また、金で動くひとは所詮、それだけのひとでごわす。そのことだけなら、わが主は案じはいたしもさん」

春嶽の目が鋭くなった。

「ほかに何かあるというのか」

西郷の黒々とした目が光った。

「さようでごわす。水野様はどうやら彦根《ひこね》の井伊直弼様を味方に取り込まれたようで

ございもす」

「なんと」

春嶽は目を瞠った。

井伊直弼は十一代彦根藩主直中《なおなか》の十四男として彦根城内で生まれた。本来、藩主の座は望むべくもなかったが、兄たちが相次いで亡くなったため、嘉永三年に遺領三十五万石を継いで十三代藩主となった。

ペリーが来航すると打払いを主張する斉昭と和平穏便論を唱える直弼は対立した。もともと彦根井伊家と水戸徳川家は、先代直亮《なおあき》のころは贈答もあり、交際が良好だった。しかし、この時から直弼と斉昭の溝は深まり、しこりが残っているという噂だった。

「だが、なぜ井伊が紀州と組むのだ」

春嶽は首をかしげた。

「井伊様は大老になって国政ば動かしたかというお考えのようでごわす。水野様は慶福様を将軍継嗣に推してもろうた暁には井伊様を大老にするという約束をされたとではなかかと思いもす」

「そういうことか」

思いがけない敵が現れた、と春嶽は思った。

だが、井伊直弼が春嶽と対立し、
——安政の大獄《たいごく》
を引き起こすことになるとは、さすがにこの時は予想できなかった。
春嶽の脳裏に井伊直弼の名が不吉な翳《かげ》りを帯びて浮かんだだけである。

十

安政五年（一八五八）一月——

松平春嶽は江戸藩邸の御座所で、竹と木で作られた玩具である、

——弥次郎兵衛《やじろべえ》
を碁盤の上に置き、指先でつついていた。

小姓《こしょう》に市中の玩具商で購《あがな》わせたものだ。竹ひごと木片を組み合わせ、青と赤の模様に彩色がしてある。

長い両手で平衡を保つ人形は、江戸の門付《かどづけ》（芸人）与次郎《よじろう》が、家々で人形を笠の上で舞わしたのが始まりだと言われる。後にこの人形を弥次郎兵衛と呼ぶようになったのだという。

「殿、なにゆえ児戯にふけられるのでございますか」

かたわらの正室、勇姫《いさひめ》がやわらかな声で訊《き》いた。勇姫は熊本藩主、細川斉護《ほそかわなりもり》の三女である。七歳のとき、十三歳だった春嶽と婚約がととのった。

しかし、この当時、猛威をふるっていた天然痘《とう》に罹《かか》り、一命はとりとめたものの、顔に〈あばた〉が残った。細川家では、婚約の解消を松平家に申し出たが、春嶽は、

「いったん婚約した以上は、相手がどんな身体になろうとも結婚する」

と返答した。

輿入れした勇姫は、左頬に薄く〈あばた〉が残ったものの、色白でととのったやさしげな顔立ちだった。和歌に堪能で奥での倹約に努める賢妻だった。

また、後に春嶽が横井小楠を実家の熊本藩から招聘した際にも力添えした。

勇姫は病で顔に〈あばた〉が残ったにも拘《かか》わらず、妻に迎えてくれた春嶽のやさしさを好ましく思っていた。

春嶽との夫婦仲はよく、娘を儲けたが夭折《ようせつ》している。そんな勇姫が、春嶽が弥次郎兵衛で子供のように遊んでいるのを面白がっていた。

春嶽はひとにない切れ味鋭い頭脳を持っている。だが、勇姫の前でくつろいだ時には子供に返ったような様子を見せることがあった。

「わからぬのか」

春嶽は笑みを含んで応えた。

「何ともわかりませぬ」

勇姫はかわいらしく首をかしげて言った。春嶽はまた、弥次郎兵衛をつつきながらゆっくりと話した。

「いま、わが国は開国か攘夷かで揺れておる。開国すれば国は二分し、攘夷をすれば、西欧に攻められて国は亡ぶ。いかにすべきかわかるか」

「いえ、いっこうに」

勇姫は春嶽が言おうとしていることを察しつつも頭《かぶり》を振った。あえて賢《さか》しらなことは言わない。すべてを春嶽に言わせたいと思っていた。

春嶽は類《たぐい》まれな才に恵まれているだけに、物事をひとに説明するのを面倒がるところがある。相手も優れた人物ならいいが、凡庸な者はそんな春嶽を憎むかもしれない。それだけに、勇姫は春嶽のひとへの話し方が丁寧になってくれればと願っていた。

春嶽は目を鋭くして口を開いた。

「開国と攘夷、いずれかを選ぶわけにはいかないのだ。開国であり攘夷、あるいは開国ではなく攘夷でもない、さような道を歩まねばならぬ」

勇姫は首をかしげた。

「ふたつのいずれでもない、という道がありましょうか」

「さような都合のよい道があるはずもない。それゆえ、これから作らねばならぬのだ。

開国であり、攘夷でもある道を」

春嶽は、とん、と弥次郎兵衛をついた。

弥次郎兵衛はぐらりと倒れそうになったが、ゆらゆらと揺れながらも倒れず、ゆっくりともとの姿に戻った。

勇姫はため息をついた。

春嶽が行こうとしている道はいかにも正しいのだろうが、凡愚の者にはわかりにくいかもしれない。しかし、春嶽は決して行く道を曲げないだろう。自分はそれについていくしかない、と勇姫は思った。

「開国であり、攘夷でもある道を歩むために、まずは橋本左内を京へ上らせることにしておる」

橋本左内の名を聞いて勇姫は微笑んだ。

色白でやさしげな美男でありながら、学問に優れ、凛然《りんぜん》とした左内は奥の女中たちの間で人気があることを勇姫は知っていた。

そばにひかえる女中たちに左内の話題を聞かせてやろうと思った勇姫は声を高くして訊いた。

「左内はなぜ京に上るのでございますか」

春嶽が政《まつりごと》の話を勇姫にするのはいつものことだった。

「朝廷から一橋慶喜公を将軍継嗣に推していただくよう、公家衆に説いてまわるのだ」

さりげなく春嶽が言うと勇姫は目を丸くした。

「まあ、それほどの大任がまだ若輩の左内にできるものなのでしょうか」

「若輩とはいえ、左内の知恵と弁舌は、『三国志』に出てくる鳳雛に匹敵するとわたしは思っている」

「鳳雛でございますか」

勇姫は口の中でつぶやいた。

「そうだ。左内はわたしがかねて思っていたことを救国の策として仕立て上げた。左内を得たことは、虎が翼を得たようなものなのだ」

春嶽は目を光らせて言った。

橋本左内を登用した春嶽は、

――強兵のもとは富国にあり、わが国は貿易により富国を図るべきである

とする積極的な開国論を主張するようになっていた。

アメリカを始め道理をもって交易を望む国に門戸を開き、下田、箱館、長崎のほか

三、四港を開く。全国の諸大名、豪商は「会所」を通して交易を行い、租税を幕府に納める。わが国が開国したからには、アメリカに公使とともに、

――有司、学士、商賈

をワシントンに派遣し、商館を設ける、などとした。

アメリカなど西欧諸国に迫られてやむなく開国するのではなく、むしろ幕府と諸大名が一体となって、海外に打って出て交易を行っていこうというものだ。交易によって得た利益で軍艦を建造し、蝦夷地の開発、防衛を行っていくべきである、というのが福井藩としての主張だった。

これらは左内の献策によるもので、中でも外交政策ではイギリスとロシアの対立に着目していた。アヘン戦争を起こし、清国への侵略を行っているイギリスよりもロシアと結ぶべきだとも述べていた。

また、春嶽はこれらの主張に加えて、幕府の政の一新も必要であるとして、

――賢明の御方

を将軍の継嗣とし、その上で天下の人材を登用すべきだ、とまで唱えた。

特に将軍継嗣についての主張は、これまで徳川一門の都合によって行われていた将軍職継承をわが国の進路を決める政治的な課題として行うべきだ、とするもので、江戸開府以来、初めての見解だった。

血筋だけによって決められてきた将軍は、時代の必要に応えることができる政治家でなければならない、とするものだった。

そのための具体策として左内は、国許《くにもと》の藩士に向けた手紙の中で、将軍継嗣を決めた後、

国内事務宰相を、

松平春嶽

徳川斉昭

島津斉彬

とする。さらに外国事務宰相を、

鍋島直正《なべしまなおまさ》（幕臣の川路聖謨《かわじとしあきら》、永井尚志《ながいなおむね》、岩瀬忠震《いわせただなり》が補佐）

とするなどの、いわば新政府構想を述べている。

この体制に加えて京都の守護には尾張《おわり》の徳川慶恕《よしくみ》（慶勝《よしかつ》）、因州《いんしゅう》（鳥取）の池田慶徳をあて、蝦夷地の開発、防衛に宇和島の伊達宗城、土佐の山内容堂を用いるという人事案で、左内は、

――いずれにしても日本国中を一家とみた遠大な処置が不可欠である

としていた。幕末において、これだけの構想はほかになかった。諸大名、豪商を率いて海外交易を行っていく将軍は、いわばアメリカの、

——大統領

に比すべき存在となる。

一橋慶喜を将軍継嗣にするということは、次代の将軍を大統領にするということに他ならない。将軍継嗣に慶喜を推す考えは島津斉彬が打ち出したが、春嶽はこれを幕府を基軸とする、

——幕藩連合国家

の構想へと昇華させていた。

「しかし、殿のお考えは、わたくしなどには計り知れません」

勇姫はため息をついた。

春嶽は微笑んで勇姫を見つめた。

「そなたはわたしのやることが気に入らぬようだな」

「気に入らぬなど、恐れ多いことでございます。ただ、かつて徳川御一門でこれだけ幕府の政に口を出された方はございますまい」

案じるように勇姫は言った。

「黒船が押し寄せ、わが国に開国を迫る国家非常のときである。やむを得まい」

「とは、申しましても。殿はこのことを楽しんでおられます。そこが外様である薩摩の島津様と違うのではありますまいか」

春嶽は首をかしげた。

「わたしが楽しんでいると申すのか」

春嶽の問いに勇姫はしっかりした表情で答えた。

「さようでございます。島津様は先代の斉興公と確執があり、四十を過ぎても世子のまま留められたことは世間に知られております。藩主となられてからも、お世継ぎとなるべき男子や姫君が幼くして亡くなられ、そのことにお家騒動の影を見るものもおります。そのような島津様が修羅の思いの中で国事に奔走されるお気持は、余人には計り知れぬものがあるかと思います」

勇姫はじっと春嶽を見つめた。

さすがに熊本藩の姫だっただけに、隣藩薩摩の内情についても聞き知っていた。藩主と家臣に軋轢《あつれき》があれば、国政への志など生かしようがないこともわかっているのだ。家中で苦労が絶えぬ島津斉彬を引き合いに出したのは、春嶽に足元を見つめて欲しいという思いがあったからだ。

藩政改革はまだ緒に就いたばかりで、家中に春嶽の意に添わない動きがないわけではない。しかも春嶽が国事に乗り出すことは藩財政を圧迫する。

幕府の改革にばかり気をとられていれば、肝心の藩政改革がなおざりになってしまうのではないか。

春嶽は勇姫の言わんとするところを真剣に考えた。なるほど、国政に意を用い過ぎれば藩政がおろそかになるだろう。

「勇、わかったぞ」

春嶽は碁盤のうえの弥次郎兵衛を手にとった。

「幕府も藩も、その扱いを弥次郎兵衛のようにいずれにも偏らずにやらねばならぬということだな。すなわち孔子の教えにある中庸を心がけよということか」

「御意――」

勇姫は頭を下げた。

「もっとも、口で言うのは簡単だが、行うのは難しいかもしれぬ。ひとは中庸を好むようでいて、その実、偏ることに魅かれるのではあるまいか」

「さようかもしれません。偏ったものこそが、正しく見えることは、ままあることでございますから」

勇姫はうなずいた。

「たとえ、そうだとしても、わたしは自ら信じた道を行くぞ」

春嶽がきっぱりと言うと、勇姫はそれ以上のことは口にしなかった。

ただ、春嶽の意向が固いからには、正室として身を挺《てい》して支えねばならないと思うばかりだった。

春嶽の掌《てのひら》で弥次郎兵衛はゆらゆらと揺れている。


春嶽は橋本左内を京へ送り込んだ。

薩摩の西郷吉之助によって江戸城大奥への工作が行われていた。

幕府の堀田老中がアメリカとの通商条約締結の勅許を求めて上洛《じょうらく》していた機会に、左内が朝廷への働きかけを行うことで、一橋慶喜を将軍継嗣に据える工作の万全を期そうと考えたのだ。

入京した左内は内大臣三条実万《さんじょうさねつむ》や青蓮院宮《しょうれんいんのみや》を説得した。さらに朝廷の実力者である太閤鷹司政通の侍講、三国大学《みくにだいがく》や、薩摩とかねて親しい左大臣近衛忠煕に面会して、一橋慶喜を将軍継嗣に推す春嶽の意を伝えた。この時期の左内の活躍ぶりを中根靫負は、

――必死を極めて八方へ激論説倒し、向かうところその妄議を摧破《さいは》
と書き残している。公家たちを説得し、妄論を論破したというのだ。

雄弁な左内の朝廷工作は成功するかに見えた。

だがこのころ、紀州徳川慶福を将軍継嗣に推す腹を固めた井伊直弼は腹心の長野《ながの》主膳《しゅぜん》を上洛させた。長野は、まだ彦根藩主の座につかず鬱々として日を過ごしていた時期の直弼の、国学の師だった男である。

直弼が彦根藩主となった後、

——懐刀

として用いるようになっていた。主膳もまた伝手《つて》をたどって朝廷工作を行い、左内の説得を阻んだ。

一橋派と南紀派の暗闘の一方で朝廷では攘夷派が台頭した。

このため、アメリカとの修好通商条約の締結についての勅許は下りず、将軍継嗣については、英傑、人望、年長の人物を選ぶべし、とするあいまいな内勅が出ることにとどまった。しかも、年長であることという、明らかに慶喜を指し示した条件については、勅諚《ちょくじょう》の張り紙で添付されただけだった。

四月には、突如、井伊直弼が大老に就任した。直弼はすぐに、紀州慶福を将軍継嗣とすることを明らかにした。

直弼の大老就任は一橋派の敗北を意味していた。

十一

「まことに世の中にはおかしなことがあるものだな」

直弼の大老就任を聞いて、春嶽は吸っていた煙管《キセル》を思わず煙草《たばこ》盆に叩《たた》き付けた。煙管の金具に衝撃でへこみができた。

春嶽の前にひかえた左内は沈鬱な表情だった。もともと体が強くない左内は、京からの旅の疲れがとれていなかった。

かたわらにひかえた靫負は、

「どうやら、一橋派の大名の中に殿を大老に据えようとする動きがあったようです。それが却《かえ》って藪《やぶ》をつついて蛇を出してしまったのではないかと」

なだめるような靫負の言葉にも春嶽は機嫌を直さない。

「累卵の危うきにあるわが国を救うための策を、井伊のひとりよがりのためにつぶされては、腹立たしいことこの上ないぞ」

春嶽が感情を抑えて言うと、靫負は膝を乗り出した。

「殿、そのことにつき、左内に策がございます」

春嶽は左内に顔を向けた。

「その策とやらを聞こうか」

左内は舌で唇を湿してから話し始めた。

「されば、幕府はアメリカとの修好通商条約の勅許を得られませんでした。井伊大老はあくまで勅許を得て条約を締結したいと考えております。しかし、外交全権としてアメリカのハリス公使と交渉している海防掛の岩瀬忠震殿は、もはや条約締結を遅らせるわけにはいかないと考えています」

岩瀬忠震は能吏として知られていた。だが、才気煥発《かんぱつ》なだけに政局にも自らの考えを持ち、一橋派に属していた。左内は、かねて岩瀬忠震を評価して、

――急流激泉の如く、才に応じて気力も盛に相見え、断あり識あり

と賞賛していた。岩瀬は開国論者で、外国の要望に応じ通商を始めることによって国力を増し、将来はわが国を、

――東洋の英国

にしたい、と考えていた。

日米修好通商条約締結へ向けての交渉の中でハリスは、貿易を開けば、幕府は有力な諸藩を出し抜いて莫大《ばくだい》な利益を得ることができる、と囁《ささや》いた。

しかし岩瀬は、利を公共に付するのがわが国の制度であると述べてハリスの誘いにのらなかった。

貿易において、幕府のみが利益を独占せずに諸藩と利を公共にすることは、幕府が権力を独占しないで諸藩を政権に参加させるということにつながる。

この政権構想こそが一橋派のものだった。

岩瀬は御用部屋で、将軍継嗣の決定が急務であると主張してきた。それだけに岩瀬は井伊の大老就任に憤激して老中に面会を求め、

「掃部頭《かもんのかみ》（井伊直弼）は大老たるべき器量のある人物ではない」

と抗議した。

このことを伝え聞いた井伊直弼は、

「海防掛は、現在要職であるのを鼻にかけ、勝手なことばかり主張し、人もなげな状態であるのはまことにけしからぬ」

と岩瀬を憎み、排除しようとした。また、井伊と岩瀬は外交政策でも対立した。井伊は勅許を得ないままではできないとして、締結を半年、延期しようとしていた。

「岩瀬殿は井伊大老が勅許を得るまで条約締結を遅らせようとしていることに憤っております。そこで、岩瀬殿に条約締結を強行させてはいかがかと思います」

「なんと」

春嶽は左内の思い切った策に目を瞠った。かたわらの靫負が眉を曇らせて口を開いた。

「それでは違勅になるではないか」

「さようです。しかし、違勅となれば、井伊大老が朝廷から咎《とが》めを受けることになると存じます」

左内は冷徹な表情で言った。

春嶽は目を鋭くした。

「井伊を違勅の罪で咎めて追い落とそうというのか」

左内は手をつかえた。

「さようにございます。いま、わが国を救うにはこの非常の策をもってするしかございません」

春嶽は、ううむ、とうなった。

「劇薬だな」

「さようにございます。幕府が違勅を行えば尊王攘夷派は蜂の巣をつついたような大騒ぎになりましょう。さような世間の憤りの勢いを借りて井伊大老を追い落とし、かわって殿が大老になられるのです」

「わたしは自ら大老になるなど望まぬぞ」

春嶽が言うと、左内は毅然《きぜん》として言った。

「殿に野心がないことは存じております。しかし、ここはご辛抱願います。これ以上、井伊大老の権勢が続けばわが国は亡びるやもしれぬのですから」

春嶽がなおも返事をためらっていると、靫負が膝を乗り出した。

「殿、左内の策はいささか乱暴ではありますが、いまはこれよりほかに取る策はないと存じますぞ。ここは乾坤《けんこん》一擲《いってき》の大勝負に出てはいかがでござるか」

靫負にうながされて春嶽は腹を決めた。

「わかった。左内、やってみよ」

左内は蒼白になって手をつかえた。

左内にしても井伊大老に違勅を犯させるという策がどのような嵐を呼ぶことになるかは、やってみなければわからないのだ。

六月十九日——

岩瀬は神奈川沖に停泊したアメリカ海軍蒸気船、ポーハタン号の船上でハリスと会見した。この会見に先立ち、岩瀬は、

「速やかに条約調印に踏みきるべきである」

という意見を海防掛一同のものとして井伊に表明していた。

　ハリスは、英仏両国が近く日本に開国を迫る情勢になっており、いますぐアメリカとの条約に調印すれば、他国との条約の基準になる、と主張した。さらにアメリカと条約を締結すれば、他国との交渉にあたって調停の労をとる、もし他国が暴論を主張すれば、日米条約の条件で説得もしよう、とまで言った。

　岩瀬はハリスの提案にうなずき、江戸城に戻ると幕閣に、もはやアメリカとの条約締結以外に道はないと主張した。

　だが井伊直弼は、なおも勅許を得るまで条約締結はできないという考えを示した。将軍継嗣問題で反対派を一掃するまでの時間を稼ぐためだった。

　井伊と海防掛の意見は対立したが、岩瀬はなおも粘り強く、条約締結の先延ばしに反対し、井伊も、苦い顔をして、

「やむをえぬ際は調印もいたしかたないが、なるだけ尽力せよ」

と条約締結の延期に含みを残しつつ、譲歩した。

　井伊には、すでに日米和親条約は締結して、開国に踏み切ったからには、たとえ、勅許を得ないで通商条約締結に踏み切っても、朝廷からさほどの文句はつかないだろうという考えがあった。

　幕府の独善主義に陥っている直弼には、国内の政治情勢が読み切れなかったのだ。

　岩瀬はこの日のうちにポーハタン号にとって返し、日米修好通商条約に調印した。

この報《しら》せを藩邸で聞いた春嶽は、笑みを浮かべた。

幕府は条約締結について、老中の連署加判した宿次奉書を朝廷に送り、緊急に条約締結した旨を奏上した。だが、井伊はこの奉書に署名せずに責任逃れを図った。

一方、岩瀬は春嶽にあてた六月二十日付けの書簡で、奉書での朝廷への弁明について、

――最初より暴断に候はゞ却って辞《ことば》もこれあり候へども（中略）紙片に托《たく》し事を済ます事に相成るべく、これはいかにも京師を御軽蔑《おんけいべつ》する姿にも存ぜられ、甚だ然るべからざる事と愚考仕り候

と書いている。

井伊が決断できないままに事態が進み、しかもそのことを奉書だけで処理しようとすることは、朝廷との関係を悪化させるだけだ、とひややかに見ていた。

井伊は朝廷に奉書を送った後、六月二十二日には老中の堀田正睦と松平忠固の出仕を停止、続いて罷免した。

朝廷へ無断で条約締結を行った責任をとらせたのだ。これによって直弼は自らを守

ろうとした。しかし、違勅での条約締結を遺憾とする見方は急速に広がった。
一橋慶喜は憤激の色をあからさまにした。中根靫負の『昨夢紀事』によれば、慶喜は、

――勃然として顔色変りて、事こゝに及びては、小生等黙視、傍観の時に非ず

として、二十三日には登城して井伊を糾問した。井伊は慶喜から違勅を咎められると手をつかえ、恐れ入りました、と繰り返し言った。

しかし、それ以上のことは述べなかった。老獪《ろうかい》な井伊は貴公子である慶喜の追及を言葉だけでかわそうとしたのだ。

慶喜が城中で井伊を糾問したことは、すぐに春嶽に伝えられた。

井伊が、恐れ入りました、と繰り返しただけだったと聞いて春嶽は眉をひそめ、かたわらの靫負に言った。

「井伊は思ったよりもしぶといようだな」

靫負は重々しくうなずく。

「さようでございます。この上は殿自ら、井伊を仕留めるしかございますまい」

すでに水戸斉昭らが井伊を咎めようと動き出していた。井伊が斉昭たちの前で弁明

する前に、その気を挫《くじ》いておかねばならない、と春嶽は思った。

「明朝、井伊の邸《やしき》に乗り込むぞ」

春嶽は決然として言った。

政敵を自らの手で葬ろうという覚悟で武者震いした。

(もし、ここで井伊を仕留めなければ、せっかく生け捕った虎を野に放つことになりかねぬ)

春嶽は初めての政局の争いを前に目を閉じて沈思した。

二十四日朝――

福井藩邸に水戸藩の使者、茅根寒緑《ちのねかんりよく》(伊予之介《いよのすけ》)が訪れた。茅根は水戸の藩校、弘《こう》道館《どうかん》の舎長から側役になった斉昭の側近だった。

斉昭が登城するので、春嶽に力添えをしてもらいたい、というのが茅根の口上だった。この日は斉昭の登城日ではなかった。禁断の、

――不時登城

を行って井伊を糾弾し、失脚させようというのだ。春嶽は、今朝、井伊の邸を訪れることにしており、その後、登城すると答えた。

井伊を討つ、一番槍《やり》をつけにいくのだということを言外に匂わせていた。茅根は春

嶽の意を察して辞去した。

その後、春嶽は乗物で井伊の邸を訪れた。奥に丁重に通されると、すでに登城の支度をととのえ、裃《かみしも》姿の井伊が待ち受けていた。

大柄で鼻が太くあごがはった井伊は、ひややかな強張《こわば》った表情で春嶽を迎えた。春嶽は井伊の前に座ると、

「朝から押しかけてすまぬな。国家の大事と思うゆえ、迷惑を承知で来たのだ」

とふわりと言った。頑《かたく》なな表情の井伊の心を解きほぐそうと思ったのだ。

しかし、井伊はにべもなく、

「ご用件を承りたく存じます」

と応じた。春嶽は鼻白んだが、やむなく、

「条約を叡慮《えいりょ》に背いて調印したのは違勅である。さらに宿次奉書で奏上したのは、不遜に過ぎる。幕府が違勅を行えば、諸大名が幕命に服さなくなるぞ」

と語気鋭く言った。だが、井伊はじっと春嶽を見つめるばかりで口を開こうとしない。春嶽は片方の眉を上げた。

「なぜ、答えぬのだ。わたしの申すことが聞こえぬのか」

「聞こえております」

井伊は嘲《あざけ》るように言った。春嶽は井伊の声に不遜なものを感じて不快になった。

「ならば、返答いたせ」

半ば切り捨てるように言うと、ようやく井伊は身じろぎした。

「されば、申し上げます。朝廷にはいずれ、わたし自身が上洛し、あらためて奏上いたします。それでよろしきかと存じます」

「では、いつ上洛するつもりなのだ」

春嶽は容赦なく問うた。井伊の顔にまた嘲るような薄笑いが浮かんだ。

「それはまだわかりませぬゆえ、即答はいたしかねます」

春嶽は水流が巌《いわお》にぶつかって、弾《はじ》き返されるような感触を味わった。

(この男には物の理が通らぬのか)

春嶽は苛立《いらだ》ちを覚えつつ、話柄を将軍継嗣のことに転じた。

――さしあたり条約無断調印の一条、逆鱗《げきりん》もはかり難き御時節にのぞみ、御家の御祝事も、御一緒に御発表あらば、いよいよ天意に逆《さか》らい、条約の事など、済むべきことも、済み難きようにも相成るべきか

春嶽の狙いはここにあった。違勅での条約調印により、朝廷との間が紛糾するから、この際、将軍継嗣の決定を公表することは先延ばしすべきだ、というのだ。

先延ばししている間に紀州慶福との幕閣の決定をひっくり返して、慶喜を将軍継嗣に再び推そうと考えていた。

だが、春嶽の主張を井伊はあらかじめ察していたらしく、冷笑を浮かべただけで答えない。

「なぜ、答えぬ」

春嶽は叱責《しっせき》するように鋭く言った。

「恐れ入ってございます」

井伊は頭を下げた後、不服顔で、

「すでに将軍継嗣のことは、明日、発表と定めております」

と木で鼻をくくったような返事をした。さらに、

「登城いたさねばなりませんので、今日はこれにて」

と傲岸《ごうがん》な様子で言うと立ち上がろうとした。目を怒らせた春嶽は、井伊の袴の裾《すそ》をつかんだ。

「待て、この話は明日に延ばせるようなことではないぞ。いまここで話すか、さもなくば、わたしも登城して、城中で話すことになるぞ」

春嶽が断じて逃さぬという気迫で詰め寄ると、井伊の顔が蒼白になった。それでも、

「ご勝手になされ」

と吐き捨てるように言うと、袴をつかんだ春嶽の手を振り払って座敷を出ていった。

春嶽は呆然《ぼうぜん》とした。

罠《わな》に落ちた猪にいくら矢を射かけても通じなかったような思いがした。井伊は春嶽の理を聞こうとはせず、我意に凝り固まっていた。

（政とは、結局は理ではなく感情なのか——）

これまで春嶽は理を通せば、政は動くと思ってきた。だが、どうやらそうではないようだ。そのとき、ふと、一度だけ会った薩摩の西郷吉之助の顔が脳裏に浮かんだ。春嶽は、あの男ならば、理によらずともひとの心を動かせそうだ、と思った。島津斉彬が西郷を使っているのは、そのためなのかもしれない。そんなことを思いつつ、春嶽は立ち上がった。右手には井伊の袴をつかんだ感触が残っていた。春嶽は右手を振って、袴の手触りを汚物のように払った。

悪しきものがついている気がしたのだ。

十二

二十四日、春嶽が登城するとすでに水戸斉昭、水戸藩主徳川慶篤《よしあつ》と尾張藩主徳川慶恕は登城して御三家の控の間である大廊下の上の御部屋にいた。御一門の春嶽の控室は別になるが、上の御部屋に入っていった。

斉昭は春嶽が入ってくると、喜色を浮かべ、

「おお、越前殿、此《こ》度《たび》は掃部頭に腹を切らさねば退出いたさぬぞ」

と意気軒昂《けんこう》として言った。

「その意気でございます」

春嶽はにこりとしたが、斉昭たちが、まだ井伊に会えないでいるのだ、と眉をひそめた。春嶽の不審に気づいたらしい慶恕が、苦々しげに、

「老中どもは御用部屋に衝立《ついたて》を引き回していまだ協議をいたしておる。ひょっとするとわたしたちに待ち惚《ぼう》けをくわせるつもりかもしれぬな」

と言った。すでに昼近いのに、弁当を出す気配もないようだ。

これが御三家へのあつかいなのか、と春嶽は腹立たしく思った。だが、老中としての御用であると言い立てられれば、斉昭たちも登城日ではない日だけにどうしようもなかった。

それでも昼過ぎになって、ようやく井伊始め、老中たちが斉昭たちに会うことになった。斉昭たちは空腹を抱えて老中の御用部屋へと赴いた。

このとき、斉昭たちは条約締結が違勅であるとして、井伊を責め立てた。しかし、

井伊は、

「緊急の場合でしたゆえ、止むを得ざる処置でござった。もし条約を締結しなければ外国と戦になったかもしれませんぞ。それでもよろしゅうござるのか」

　とひややかに突っぱねた。

　斉昭は繰り返し追及したが、井伊は相手にせず、最後には冷笑を浮かべたまま口を閉ざした。斉昭は苛立ち、能弁な春嶽を援軍に呼ぼうと考えて、

「春嶽をここに呼べ」

　と何度か言った。しかし、井伊は首を横に振った。

「越前侯は御一門にございます。御三家との同席はかないませぬ」

　あくまで城中での席次を盾にとって春嶽を呼ばせなかった。この間、春嶽は老中久世広周と単独で会い、違勅を咎めるとともに、将軍継嗣の発表を遅らせることを求めたが、久世も言を左右にして応じなかった。

　井伊の頑強さに手を焼いた斉昭は、疲れた表情で、

「ならば、春嶽を大老にいたせ」

　と言った。斉昭はついに言うべきことを失ったのだ、と見てとった井伊は、嘲笑を浮かべて、

「大老をふたり置いた先例はございません」

と余裕たっぷりに言い放った。

斉昭は言葉を失い、御三家による井伊の糾弾は失敗に終わった。

この日、靫負は伺候の間まで来て下城する春嶽を待ち受けていた。やがて夕刻になって春嶽が下城しようとした際、靫負はひそと傍によって、

「いかがでございました」

と訊いた。春嶽は、藩邸に帰ってから申し聞かすべし、と言ったが、ふと声を高め、

「天下はもはやこれきりになりたるわ」

と言って落涙した。

悔しかったのだ。


安政五年七月五日――

春嶽は幕府から突然、隠居、急度《きっと》慎みを命じられた。

同じ日に水戸の徳川斉昭も急度慎み、尾張の徳川慶恕にも隠居、急度慎みが申し渡された。徳川御三家と一門の三人に一度に厳罰が命じられるのはかつてないことだった。

春嶽は翌日、中根靫負、橋本左内らを召して、

「どうやら、わが生涯は今日で終わったようだ」

と告げて、藩主を退いた後は、隅田《すみだ》川河口の京橋《きょうばし》先の霊岸島にある別邸に移る旨を伝えた。すると、左内が緊張した表情で頭を下げた。

「殿、申し訳なく存じます。わたしは策を誤ってございます」

左内が涙声で告げると、春嶽は笑った。

「何を申す。そなたの策があったればこそ、わたしは井伊を糾問することができた。井伊が、理の通らぬ化け物のような男であったことまでは、誰にもわかりようのないことだ」

靫負がうなずきつつ、膝を乗り出した。

「そのことで申し上げますが、殿は此度の処分にてすべては終わったとお考えでしょうか」

「そうではないと申すのか。井伊はわれら一橋派の動きを封じた。紀州の慶福殿が将軍継嗣となれば、万事終わりだ」

靫負はちらりと左内を見てから話した。

「それがしには、さように思えません。殿が将軍継嗣についてこれまで働いてこられたのは、黒船が来航し、異国がわが国を狙っているゆえ、わが国を異国に侵されぬ国にしようと思い立たれたからでございましょう」

「それは、その通りだが。といってわたしは藩主の座から追い落とされ、隠居の身となったのだ。もはや、何もできまい」

「何を仰せになりますか。殿があきらめられたら、この国はどうなりますか。百折不《ひゃくせつふ》撓《とう》でなければ国は守れぬのではございますまいか」

　靫負の言葉に春嶽が考え込むと、左内が口を開いた。

「殿、島津様のことにつき、申し上げたいことがございます」

　春嶽は左内を見つめた。

「何事じゃ。申してみよ」

「されば、西郷吉之助殿が先日、国許に戻られましたが、その前にこれから島津様がなそうとされていることを話していかれました」

「島津殿が、何をされるというのだ」

　もはや、紀州の慶福が将軍継嗣となることは覆せない。何をしても無駄ではないかと思いつつ、春嶽が訊くと左内は声をひそめた。

「島津様には兵を率いて上洛し、帝《みかど》より幕政を改革せよとの綸旨《りんじ》をいただき、勅使とともに江戸に下向する企てをされるとのことでございます」

「挙兵上洛だと」

　それは謀反ではないか、と言いかけて口をつぐんだ。同時に、やはり島津斉彬は大きいひとだ、と思った。

一橋慶喜を将軍継嗣とする考えを斉彬から打ち明けられ、その後、奔走するうちに新たな国家構想をつかんだ春嶽は斉彬より先に進んでいるつもりになっていた。だが、春嶽の策は井伊直弼の頑強な抵抗にあって、もろくも崩れ去った。

しかし斉彬は、将軍継嗣についての春嶽の挫折を見越したかのように、兵を率いて幕閣と対決しようとしている。

その覚悟の据え方はあたかも戦国武将のようではないか。西郷は、いったん鹿児島に戻ってから、斉彬の意を受けて、上洛してきた薩摩兵を受け入れる準備のため京に上ることになるだろう、と告げたうえで、

「最後は武の力でごわす」

と平然と言い置いて江戸を去ったという。

「そうか、島津殿は挙兵上洛されるのか」

春嶽はつぶやいた。

「さようにございます。島津様が幕政を改革されようとするとき、幕府の中枢には必ず、殿を据えようとされるはずでございます。隠居なさっている場合ではないかと存じます」

左内が言うと、靱負が膝を叩いた。

「まことにさようでございます。殿、これはうかうかしておられません」

左内と靫負は声をそろえて失意の春嶽を励ました。

だが、左内たちの期待を裏切る報せが入ったのは、それから間もなくのことである。

斉彬は上洛に向けて鹿児島城下で兵の調練を行っていたが、突然、病に倒れて亡くなったという。

調練を見て帰城したところで熱を発し、具合が悪くなった。寝ついて十日もたたずに亡くなったのだ。五十歳だった。

この報せを聞いて春嶽は言葉もなかった。初めて会って以来、斉彬には大きなものを感じ、兄事する思いがあった。

その斉彬が亡くなったことへの悲嘆は大きかったが、それだけではない。ただの病死ではあるまい、と思った。しかし、大名の死にまつわることをうっかり口にはできない。

春嶽は夜になって奥に入ると、勇姫に斉彬の死について話した。

「ああ、やはりさようなことに」

勇姫は悲しげにつぶやいた。春嶽は勇姫を見つめた。

「やはりとは、島津殿は毒を飼われたということか」

春嶽がたしかめるように訊くと、勇姫は驚いた表情になった。

「違うのでございますか」

「いや、わたしもそうだと思っているが、証《あかし》となるものがないゆえな」

「わたくしの実家、細川家もさようでございますが、古い家というものは、時にひとの命を軽くあつかうところがございます」

勇姫は、斉彬は父で隠居の先代藩主、斉興の指示によって毒殺されたのではないかと思う、と小声でつけくわえた。

古い家柄の大名は当主よりも家の存続を大切に考えるのだという。

斉彬が国事に奔走するのを御家の危機だと考える〈忠臣〉がいたはずだ、と勇姫は言った。

「そういうものか」

春嶽は暗澹《あんたん》たる思いがした。斉彬が上洛した後、勅使とともに下向して幕政改革を行えば、春嶽もまたこの逼塞《ひっそく》から解放されたかもしれない。

期待したわけではなかったが、わずかな明るい希望ではあったのだ。

春嶽はため息をついた。

「わたしは、これまで政とは正しき考えを持ち、行うものだと思ってきた。だが、どうも違うようだ」

「どう違うのでございましょうか。わたくしにはわかりませぬが」

勇姫が言うと、春嶽は少し考えてから答えた。

「得体が知れぬものだな」

「まあ、まるで妖怪のような」

勇姫は戸惑いの色を顔に浮かべた。

「いや、まさに妖怪だな。政はひとの情や欲がさまざまに藪のようにからみあっている。どのようにすれば、その藪の中から抜け出ることができるのかは、誰にもわからぬのかもしれぬ」

「では、藪の中に入らなければよろしいのではございませんか」

「それでは何もできぬだろう」

「いえ、藪に入らずとも天を飛翔《ひしょう》すれば、そのあたりに何があるのかはわかりましょう。藪に巣くって鬼となる者もいれば、天を飛翔し、虹となってひとに希望を与える者もいるのではないでしょうか」

勇姫の言葉を聞いて春嶽はなるほど、と思った。ひとは誰しもが藪に入らねばならないわけではないだろう。

（わたしには、わたしの行くべき道があるのかもしれない）

春嶽は自らに言い聞かせた。

それがどのような道なのかはまだわからないが、できることがあるはずだ。そう考えたとき、横井小楠がようやく熊本藩の許しを得て、近ごろ福井藩に来たことに思い当たった。

（鳳雛の次は伏龍か――）

春嶽は不敵な笑みを浮かべた。左内の策に続いて小楠の策を用いることになりそうだ、と思った。

十三

横井小楠が福井入りしたのは、安政五年（一八五八）四月のことである。

春嶽は小楠の招聘《しょうへい》を思い立ち、藩校明道館《めいどうかん》訓導、村田氏寿を熊本に遣わした。春嶽は村田に小楠へ贈る和歌を託《たく》していた。


愚かなるこころにそそけひらけたる君の誠を春雨にして

という歌に込められているのは、自らを愚かであるとして、小楠の誠を春雨のごとく注いで欲しいという春嶽の小楠に寄せる気持だった。

「これは、これは――」

小楠は春嶽の和歌を読んでにこりとした。

「越前侯はまことにおのれを飾らず、直《す》ぐなお心をお持ちですな」

感心したように小楠が言うと村田が応じた。

「まこと、嘘《うそ》偽りとは無縁の殿にございます」

小楠は深々とうなずいて福井行きを快諾した。

だが、熊本藩では、小楠に酒乱の悪癖があることから、他藩に貸すと不祥事を起こすかもしれないと危惧して応じようとしなかった。小楠については、家中で、

——驕慢《きょうまん》、不《ふ》遜《そん》
の質《たち》である、という評価がかねてあったという。

しかも小楠には党派を結ぶ癖があり、将軍や大名についても容赦なく言及することが多かった。

このためかつて熊本藩の改革派として小楠の同志だった重臣、長岡監物《ながおかけんもつ》すら袂《たもと》を分かっていた。さらに、小楠は酒好きで、酔うと、時勢を悲憤慷慨《こうがい》して、

「天下の廓清《かくせい》はわれ出《い》でずんば能《あた》わず」

と豪語して手がつけられなくなる癖があった。熊本藩では何よりも小楠が酒に酔って舌禍を引き起こすことを恐れていたのだ。

村田から、熊本藩が応じようとしないという報告を受けた春嶽はうなずいて、

「なるほど、肥後者は頑固だと聞いたが、その通りのようだな。ならば、わたしにま

かせておけ」

　と言った。

　春嶽自身が江戸城辰ノ口の熊本藩邸に赴き藩主夫人に依頼すると共に、翌日中根靫負を遣わして、江戸詰め家老、溝口蔵人《みぞぐちくらんど》に熊本藩主細川斉護への小楠の招聘を求める手紙を手渡した。

　溝口は大藩の藩主である春嶽が自ら訪れたことに驚き、翌日、福井藩邸を訪れて、小楠には悪癖があると説明した。しかし、春嶽は笑って、

「平（小楠）の癖はよく承知している。当方で十分、気をつけるから心配無用だ」

　と言った。

　溝口はやむなく春嶽の手紙を熊本の斉護のもとへ送った。しかし、斉護からは、小楠を差し出すわけにはいかない、とにべもない断りの手紙が春嶽のもとへ届いた。

　斉護の返書を読んだ春嶽は苦笑した。

「さて、さて、小楠はよほど家中で疎《うと》んじられてきたようだ。しかし、それほどの者でなくては物の役に立つまい」

　春嶽はただちに斉護に直書を送って三度、小楠の招聘を求めた。

　春嶽がここまで辞を低くして小楠を招こうとする様はあたかも『三国志』において、諸葛孔明を軍師とするため劉備が三度にわたって孔明のもとを訪れ、

――三顧の礼

をとったことに似ていた。さすがに斉護も断りきれなくなり、安政五年三月、福井藩邸に使者を送り、小楠の一件を承諾したのである。

春嶽がアメリカとの修好通商条約問題で大老井伊直弼と鋭く対立したのは、小楠が福井に入って間もなくのことだった。

しかし、このことでの井伊の反撃は凄《すさ》まじかった。

七月に春嶽は幕府から隠居、急度《きっと》慎みを命じられた。

徳川斉昭も急度慎み、尾張の徳川慶恕にも隠居、急度慎みが申し渡された。さらに九月からは、京都と江戸で尊王攘夷《じょうい》派の志士や公卿《くぎょう》の家臣、一橋派の大名の家臣などの逮捕、投獄がはじまった。

梅田《うめだ》雲浜《うんぴん》

頼《らい》三樹《みき》三郎《さぶろう》

小林《こばやし》良典《よしすけ》

池内大学

などが相次いで捕縛され、春嶽の腹心である橋本左内も江戸町奉行所に召喚された。

「なんと、左内までもか」

中根靱負から、左内が捕らわれたとの報《しら》せを聞いて春嶽は驚愕《きょうがく》した。靱負も深刻な

表情で、

「井伊はこの際、殿の手足をもぎ取るつもりなのでございましょう。井伊にとって最も恐ろしいのは、大老になり代わることができる殿なのでございます」

「わたしはこの国の前途を憂えているだけだぞ。そのわたしを憎むとは愚かな男だ」

「権勢を得た者は愚かになるのでございます」

靫負は静かに言った。

この年、〈安政の大獄〉で捕まった者は数十人に及んだ。翌年になると幕府は公卿たちの処罰を行った。

青蓮院宮尊融《そんゆう》入道親王
二条斉敬《にじようなりゆき》
広橋光成《ひろはしみつしげ》
万里小路《までのこうじ》正房《なおふさ》
正親町三条実愛《おおぎまちさんじようさねなる》

は謹慎を命じられ、続いて、

鷹司政通
鷹司輔熙《すけひろ》

近衛忠熙
三条実万
も謹慎、落飾を命じられた。その後、いったん処分していた徳川斉昭には永蟄居《えいちっきょ》、徳川慶篤は差控、一橋慶喜は隠居、慎みなど、さらに重い処罰が下された。

次いで志士の処刑が行われた。頼三樹三郎、吉田松陰とともに橋本左内も死罪となった。わずか二十六歳だった。左内が刑死した日、春嶽は終日、黙したまま口を開かず、食事もとらずに左内の冥福を祈った。

自分が政《まつりごと》に乗り出したばかりに、左内を死なせたという激しい悔いが春嶽の胸の内にあった。あらためて政の恐ろしさが身に染みた思いだった。

（悔いたからといって、どうにもならぬ。わたしには左内に詫《わ》びる言葉がない）

春嶽は臍《ほぞ》を噛んだ。

小楠が福井に入ったのは、春嶽が生涯の苦境にあったときだった。

だが、小楠はそのことについて藩士たちとの話でも特にふれなかった。

小楠は嘉永四年（一八五一）、大坂で左内と会ったことがある。このとき、左内は、まだ十八歳で緒方洪庵の塾にいた。

さらに京でも左内に一度だけ会って語り合ったことがある。安政五年四月、左内が将軍継嗣問題で奔走していた時期だ。この後、小楠は左内への手紙で、

――寛々《ゆるゆる》拝話を得て大慶

としている。左内と意気投合したのではないか。それだけに、左内の刑死を知って、

(あの俊秀な若者が――)

と惜しんだ。だが、春嶽が左内に命じて取り組んだ一橋慶喜の将軍継嗣工作については、家中で口にはしないものの、

(殿はまだお若い。政の面白さに惑わされたのだ)

という思いがあった。もともと、一橋慶喜を将軍継嗣とする構想は、島津斉彬と亡き老中、阿部正弘との間で練られた策だった。

斉彬は、大奥に篤姫を入れて幕府への影響力を増し、さらに将軍継嗣にも介入しようとした。薩摩は国許《くにもと》で反射炉建設など西洋の技術を取り入れようとしており、外国勢力から開国を迫られる中での新たな国家構想と結びついた策だった。

刑死した左内は春嶽を開国論に転換させたが、新たな国家構想を持っていたわけではない。

もし、慶喜を将軍継嗣とする工作が実を結んだとしても、斉彬が急死したいまとなっては、水戸出身の慶喜が将軍になることで、尊王攘夷の総本山である水戸の徳川斉昭の勢いが強まっただけではなかったか。

斉昭には、尊王攘夷を掲げながらも、御三家の家柄を誇り、幕政を自らの思うように動かしたいという野心があると小楠は見ていた。小楠は政の根本は、自然の理《ことわり》としての道義である、と考えている。そのうえで交易などの富国強兵の策を行うのである。

(道義を失うことは国の基を失うことだ)

そう考える小楠は水戸学に対しても、智術の計策に堕しているのではないかと厳しく見ていた。小楠はひそかに水戸について、

——天地の正理を見申さず処より其の流儀の大節義を却《かえ》って失い候様に罷《まか》り成り、恐ろしき事に御座候

と書き残した。斉昭を敬慕する春嶽が斉昭に引きずられれば、新たな国家構想のための将軍継嗣工作が、思わぬ方向に行ったかもしれない。

小楠から見れば将軍継嗣工作の頓挫はやむを得ないことだった。春嶽にはこのような迷妄から脱《ぬ》け出してもらわねば困る、と小楠は考えている。

(殿には俗世を越えた天翔《あまか》ける道を行ってもらわねばならぬ)

小楠は冷徹に考えて頬に笑みを浮かべた。

小楠が福井に入ると、真っ先に傾倒したのは、

――三岡八郎

だった。八郎は槍術《そうじゅつ》に長じた武骨な武士で、安政四年に兵器製造方頭取となり、鉄砲生産に携わっていた。春嶽の将軍継嗣工作についても共感しており、井伊直弼が〈安政の大獄〉で一橋派を弾圧すると、憤激して井伊の暗殺を謀議するなどしていた。

しかし、一方でかねて、

「わが藩はなぜ貧乏なのだ」

との疑問を抱いていた。

そのことを家中の者に訊《たず》ねてまわって考えてみた。

すると越前藩の財政は収入がおよそ五万四千両、支出がおよそ六万七千両で赤字は一万三千両だった。しかも商人からの借金は八十万両に及んでいる。藩士の知行借り上げは続き、節倹を命じているから生産は上がらず、ひたすら萎縮するだけだった。

(これではいつまでたっても貧乏から脱け出せるわけがない)

八郎は藩財政の実態を知って愕然《がくぜん》となった。そして、藩の重役たちが、いつまでも

埒《らち》のあかないことをしているのが不思議だった。

（もっと根本から変えなければだめだ）

そう思っていたときに小楠が来福して現状に立脚した富国論を唱えた。八郎は初め半信半疑で小楠の論を聞いていたが、やがて自分が調べてきたことと合致することを知って感激した。

それ以来、小楠の指導のもと産物会所をおこして藩の物産である糸、布、苧《ちょ》、木綿、蚊帳地《かやじ》、生糸、茶などの振興を行った。

さらに長崎に赴いて富商、小曾根乾堂の助力で蔵屋敷を置いてオランダとの間に生糸や醤油《しょうゆ》などの販売特約を結ぶなどした。また、横浜が開港すると福井藩の商館を設け、石川屋《いしかわや》という看板を掲げるなど端倪《たんげい》すべからざる働きをした。

この結果、文久元年（一八六一）には輸出物産額は三百万両にまで上り、藩の金庫には五十万両を蓄蔵した。

小楠の構想を実現する手腕を武骨な八郎が持っていたのは、一種の奇観だった。

十四

文久元年三月――

春嶽が霊岸島の藩邸に幽居して約三年の歳月が流れていた。

霊岸島は隅田川河口の島だったが、埋め立てなどによって陸続きとなり、福井藩の別邸が建てられた。隅田川の景色がよく、閑寂な地は、政争に敗れ、傷ついた心を癒すのに適していた。

春嶽は藩主の座を退き、この当時、まだ子がなかったため、幕府の指示により、越後糸魚《いとい》川《がわ》藩主、松平茂昭を新たな藩主に迎えていた。

春嶽は霊岸島に籠《こも》り、読書と漢詩や和歌、書画にふける日々だった。この時期、次のような漢詩を作った。

寵恩《ちょうおん》三世名門を辱《はずか》しむ
方寸かつ慙《は》ず虚誉喧《かまび》すしきを
説くを休《や》めよ乃公《だいこう》罪責無しと
投簪《とうざん》命あり固《もと》より冤《えん》に非《あら》ず

三世の寵恩とは将軍家斉、家慶、家定からの恩のことである。そして春嶽は自らを無実の罪であるとは訴えない。すべては運命だ、と受け入れるのだ。あるいは、このまま朽ち果ててもいい、という諦観が春嶽にはあった。

そんな春嶽を驚かせたのは、霊岸島に蟄居して二年目の昨安政七年（一八六〇）三月三日、江戸城桜田《さくらだ》門外で関鉄之介《せきてつのすけ》を始めとする水戸浪士十七人と、薩摩浪士、有村《ありむら》次左衛門《じざえもん》が登城途中の井伊直弼の行列を襲い、直弼を討った、いわゆる、

——桜田門外の変

が起きたことである。霊岸島の邸《やしき》でこのことを聞いた春嶽は、

（あの井伊が——）

と意外な思いがした。屋敷に押しかけてまで説得しようとした春嶽を傲岸《ごうがん》な顔つきであしらった井伊が、こうもあっさりと殺されるとは夢にも思わなかった。

（ひとの世は何が起きるかわからない）

という感慨を持ったが、井伊が倒れたことで自分がもう一度、世に出ることになろうとは思わなかった。

そんな春嶽の思いが変わったのは、文久元年四月、小楠を国許から呼び寄せ、霊岸島の邸で話を聞くようになってからである。

春嶽は屋敷の大広間で小楠と初めて会った。頬骨が突き出て目が鋭く、常にまわりを睥睨《へいげい》するかのような風貌にふれて、

（なるほど、なかなか難物のようだな）

と思うと、熊本藩が容易に外に出そうとしなかったわけがわかる気がした。しかし、

いったん小楠が口を開き、所論を述べ始めると春嶽は聞き惚《ほ》れて、時間がたつのを忘れた。このことを小楠は、

――日夜罷《まか》り出で様々御咄《はなし》合

と知人への手紙に記している。春嶽は小楠の話に感銘を受け、日夜分かたずに話を聞こうとしたのである。

この時期、小楠が春嶽に話した内容を傍らで聞いていた中根靱負は『奉答紀事』において、

――経義及び心法・経済の学を御講習在《あ》らせられ、（中略）卓絶の学識有《あり》て、古人の糟粕《そうはく》を嘗《なめ》ず、警醒《けいせい》議論、毎に人の意表に出づ

としている。中根ほどの老練な男が春嶽の傍らで聞いて、小楠の「警醒議論」に驚いた様がうかがえる。

小楠は前年に自らの考えを『国是三論』にまとめていた。説くところは、理想を高く掲げ、しかも現実重視の実践を行うところに特徴があった。小楠は『書経』にある

尭《ぎょう》や舜の治世を目指して、

——政教ことごとく倫理によって生民のためにする

としている。政教ことごとく倫理によるとは、「道義国家」を目指すということである。しかもそれが、「生民のためにする」ということであれば、現代の、

——民主主義社会

に通じるものがある。このような国家をつくるため、心法（倫理）に根ざした経済（経世済民）を行おうというのだ。

小楠の弟子である三岡八郎が藩の物産販売と交易において十分な成功を収めていることから、小楠の所論には十分な説得力があった。

理想を掲げて現実政治を行うことは可能である、と小楠は説くのだ。

明治になって福井藩の招きで来日したアメリカ人学者、グリフィスは大正時代に刊行した『ミカド』の中で、

——儒教の倫理と哲学を講じ、越前の精神的指導者であった横井小楠については、その主君（春嶽）に及ぼした影響力において、ちょうどジョージ・ワシントンの下に

いたアレクサンダー・ハミルトンに匹敵すると言えば十分であろう

と紹介している。ワシントンは言うまでもなく独立戦争を戦ったアメリカの初代大統領である。

ハミルトンは西インド諸島のネイビス島に生まれ、アメリカに渡ってキングズ・カレッジ（現在のコロンビア大学）に学んだ。独立革命中はワシントンの副官として活躍、戦後は合衆国憲法の制定に尽力した人物である。アメリカ合衆国憲法を補足して実質的な準憲法と見做《みな》された、

――ザ・フェデラリスト（The Federalist Papers）

の主執筆者でもある。

小楠は後にふたりの甥《おい》をアメリカに留学させている。あるいは小楠が理想とした国家とは当時のアメリカであったかもしれない。

春嶽は小楠の話を聞き終えてから、しばらく思案した。あまりに春嶽が口を閉ざしているため、案じた靫負が、

「大殿、お言葉を――」

とうながした。春嶽ははっとした様子で小楠を見遣《みや》ると、言葉を発した。

「いや、実はそなたの申すことを実際に行うにはいかがしたものかと考えていたのだ」

「それは大殿のお言葉があればできることかと存じますが」

小楠が手をつかえて言うと、春嶽はゆるゆると頭《かぶり》を振った。

「いや、そうではあるまい。生民のためにするのが政であるとそなたは申したではないか。わたしが命じて行われるならば、それは藩主のための政であって生民のためにする政ではあるまい」

春嶽の怜悧《れいり》で澄んだ目が小楠を見つめた。小楠は春嶽が思いがけないことを言い出したと、内心驚きながらも色には出さずに問い返した。

「ではいかようになされるのでございますか」

小楠の言葉にはやや突き放した気配があった。春嶽が大名らしいわがままを言い出したのではないか、と危ぶんだのである。

「そのことだが――」

春嶽は小姓を振り向いて、

「書斎の文机《ふづくえ》に置いてある文書を持って参れ」

と命じた。小姓が承りました、と答えて大広間を出ると、間もなく戻ってきた。

春嶽は小姓が手にした文書を小楠に渡すように言った。

小楠は小姓から受け取った文書の表紙を見た。『虎豹《こひよう》変革備考』と記されている。

そこに書かれているのは、

――上院（巴力門《ハルリモン》）

――下院（高門士《コンモンス》）

という二院制の議会構想だった。

上院は幕臣や諸侯、下院は諸藩の人材をあてるか、あるいは上院を諸侯の藩士から、下院には、

――百姓、町人または庶人

をもってあてるという構想が述べられていた。さらに上院と下院で決したことについては、

――天子将軍といへども、此公共の論にいたっては、これを動揺することを得ず

として上下院が国の最高機関であると位置づけていた。

小楠は鋭い目で『虎豹変革備考』を読み進んだが、やがてにやりとした。

「まことに仰せの通りでございます。それがしが申し上げたことは、この上下院なくしては成し遂げられますまい」

春嶽は鷹揚《おうよう》にうなずく。

「さように思うてくれるか」

「それがし、嘘偽りは申し上げません。されど、大殿にはかようなことをいつ学ばれたのでございますか」

小楠は感銘を受けた顔で言った。春嶽は照れ臭げに答える。

「霊岸島に参ってより、暇にまかせて書物を読み漁《あさ》った。その中に『大英国志』なる漢文の書があった。どうやらエゲレスの歴史をひもといた書のようであった。その中に上下院のことが書かれておった。なかなか良いもののように思えたゆえ、そなたの考えを聞きたいと思っていたのだ」

春嶽が言うと、小楠は大きく膝を叩《たた》いた。

「できましたな」

「そう思うか」

にこりとして春嶽は訊《き》いた。小楠は大きく首を縦に振った。

「これこそ、国是の第一でございましょう。エゲレスはかような仕組みにより、国の力を富ませ、さらに海軍を造って、清国やわが国を侵さんとするほどの富強を手に入れたのです。ならば、われらも同じことをすればよいだけのことかと存じます」

「なれど、政教ことごとく倫理によって行わねばならぬというのであろう」

春嶽は小楠に笑いかけた。

「さようにございます。わが国は天子を頂く王道の国にございます。されど、異国は富強に驕《おご》り、王道を見失った覇道の国にございます。王道の国が屈してよい相手ではございません。さらに申せば、ただいまの世は尊王攘夷と佐幕開国が争うておるように見えますが、尊王を唱えつつも覇道を企《たくら》む者もおりましょう。佐幕に身を置きながら王道を志す者もいる道理でございます。されば、ひとをよく見極め、国事に尽くされるべきではないかと存じます」

　小楠の言葉を聞いて春嶽は目を瞠《みは》った。

「わたしは国事に蹉跌《さてつ》して、藩主の座を追われ、かように逼塞《ひっそく》した身だぞ。そなたは、一度しくじったわたしにまた国事を行えと申すのか」

　小楠は不敵な笑みを浮かべた。

「ただいま、わたしの策により、三岡八郎が藩庫に金を積みつつあります。これは、大殿の晩年に安楽な暮らしをしていただくためのものではございません。福井藩の力により、わが国を安寧に導く戦いの軍資金でございますぞ」

　堂々と言ってのける小楠の言葉を聞いて春嶽は破顔した。

「なるほど、横井はよくおだてる。細川殿がそなたを外に出そうとしなかったわけがわかったぞ。かようなおだて上手が世間を徘徊《はいかい》すれば、どのような騒動が持ち上がるかわからぬゆえな」

小楠は首をかしげた。

「はて、大殿にはそれがしのおだてに乗ってはいただけませぬか」

「いや、乗ってやろう。阿部正弘殿、島津斉彬殿亡きいまとなっては、わが国の舵《かじ》取りができるほどの大名は肥前の鍋島閑叟《かんそう》、土佐の山内容堂、宇和島の伊達宗城、そしてわたしぐらいであろうか。できることは命の限り、やらねばなるまい」

春嶽は淡々と言った。

小楠は両手をつかえ、威儀を正した。

「大殿のご決意のほどまことにありがたく存じます。それがしの見立てでは、大殿の国事への出番は近いと存じます」

春嶽は顔をつるりとなでてからつぶやくように言った。

「実は、わたしもそう思っていたのだ」

アメリカとの修好通商条約締結後、幕府は、オランダ、ロシア、イギリス、フランスともアメリカと同様の通商条約を結んだ。

準備がないまま外国貿易が始まり、生糸、茶、油、銅などが大量に海外に流出した。これとともに、物価は騰貴し、庶民の怨嗟《えんさ》の声は幕府に向かった。さらに尊攘派による外国人の殺傷事件が相次いだ。これらの事件は、

――異人斬り
と呼ばれ尊攘派に名を借りて不逞《ふてい》の浪人が行うこともあった。開国から慶応年間にいたるまでに外国人殺傷事件は、

アメリカ　四
イギリス　十二
フランス　九
ロシア　四
オランダ　一
プロシア　二

と合わせて三十二件にも及ぶことになる。外国人の殺傷が起きるたび、諸外国は貿易における関税の引き下げを幕府に要求した。

幕府はこれを拒むことができず、慶応二年（一八六六）には五パーセントにまで引き下げられる。植民地支配と侵略に手慣れた西欧諸国はしだいに牙を剝《む》き始めていた。

それだけに尊攘派の〝天誅《てんちゅう》〟と呼ぶ反対派への殺戮《さつりく》も横行し始めていた。時勢は凄惨《せいさん》な風が吹きすさぶようになっており、政の安定が求められるようになっていたと言える。

そのような中、春嶽に輿望《よぼう》が集まろうとしていたのだ。靫負は春嶽と小楠が話すか

たわらで顔を赤くして武者震いした。

「大殿、もはや、お出ましになるときかと存じまするぞ」

日頃、沈着な靫負がこれほどまでに興奮するのも時勢のなせる業かもしれない。

春嶽は微笑した。

「乃公出でずんば、というところだな。さて、いつのことになるであろうか」

「おそらく、遠い日のことではございますまい」

小楠の目があたかも劉備を擁する諸葛孔明のように光った。

十五

春嶽が政に返り咲くきっかけは、はるかに遠い九州、薩摩で起きていた。

島津斉彬亡き後、薩摩の実権は新藩主茂久（忠義）の実父である久光が、

――国父《こくふ》
として握っていた。しかも久光には異母兄斉彬の遺志を継いで天下を動かしたいという野心めいたものがあった。

文久二年三月――

久光は小松帯刀、大久保《おおくぼ》一蔵《いちぞう》ら側近を従え、藩兵一千を率いて上洛の途についた。

かつて将軍継嗣問題で事態が紛糾した際に斉彬が行おうとした、挙兵上洛による幕政改革実現を踏襲したのである。

京《きょう》に入った久光は意気軒昂《けんこう》として、朝廷に対し『政事改革趣意書九か条』を奏上した。その要となったのが、〈朝旨三事の策〉、すなわち、

一、安政の大獄で処罰された公家、青蓮院宮、近衛忠煕、鷹司政通、鷹司輔煕の謹慎を解くこと

二、一橋慶喜、徳川慶恕、松平春嶽の謹慎を解くこと

三、妄言、虚説を恣《ほしいまま》にする志士、浪人を取り締まること

の三項目だった。さらに幕府に対して慶喜を将軍後見職、春嶽を大老に補任する勅《ちょく》諚《じょう》を得ようとしていた。

久光は斉彬から、

「春嶽を信頼して力を合わせよ」

と遺言されており、春嶽を厚遇することで、中央政界での知己を得ようという目論《もくろ》見《み》もあった。だが、久光の上洛は思わぬ波紋を広げた。

薩摩の尊攘派である有馬《ありま》新七《しんしち》らが久光の上洛に合わせて決起し、一気に情勢を転換

させようと考えたのだ。これを知った久光は、有馬らが投宿している伏見の寺田屋《てらだや》に鎮圧のため藩士を差し向けた。いずれも有馬と同心の尊攘派の藩士たちだった。

しかし君命を何よりも重いとする藩風だけに、決起を思いとどまるようにという説得に応じない有馬らとの間で死闘が行われた。これによって有馬は死亡、決起しようとしていた尊攘派は鎮圧された。

このことは京での久光の評判を高くした。

「やはり、わたしは兄上の遺志を継ぐ器量があるようだな」

京の藩邸で久光は小松帯刀、大久保一蔵に豪語した。久光は幕府に勅使を下すよう朝廷に奏上しており、これが許されれば勅使とともに江戸に下り、一気に幕政改革を行うつもりだった。

「もはや、天下は国父様の思いのままということになりましょう」

小松がわずかに媚《こ》びるように言った。

「順聖院《じゅんしょういん》様（斉彬）が成しえなかったことでございます」

大久保が怜悧な口調で久光の喜びそうなことを言った。久光は満足げにうなずいて、

「まさにそうだな。兄上のなさりたかったことをし遂げてわしも心地よいぞ」

上機嫌な久光は思わず本音を口にした。

「これで、幕府もわしに官位を与えるよう奏上いたしてくれるだろうな」

小松が笑顔で応じる。

「間違いございますまい。松平春嶽公が大老となられれば、国父様の恩に報いるために真っ先にさようにされるに相違ございません」

確信ありげに小松が言った。しかし、大久保は笑みを浮かべただけで言葉を添えなかった。

冷静な大久保は、春嶽が久光に好意を抱くかどうかはわからない、と思っていた。今回の上洛にあたって、久光は奄美《あまみ》大島にいた西郷吉之助を招喚した。

同志である西郷の帰還をかねて望んでいた大久保の進言によるものだった。もともと斉彬の挙兵上洛のお膳《ぜん》立てをしていたのは西郷である。西郷がいれば、京での朝廷との交渉やさらには江戸での春嶽への連絡などもうまくいくはずだった。

だが、西郷は今回の挙兵上洛には反対で、久光に対し、

「地五郎《ジゴロ》（田舎者）――」

と面と向かって謗《そし》ったほどだった。

西郷にしてみれば、斉彬がいてこそ、諸大名も動くし、幕閣への影響力もあった、無名の久光が功名心と官位欲しさで動いても、足元を見透かされるだけだ、と思っていたのだ。

しかし、そのことがわからない久光は上洛を強行した。西郷はやむなく先導の途についたが、京で尊攘派の不穏な動きがあると知って、独断で先に上洛した。

このことが久光の逆鱗《げきりん》にふれて、西郷は呼び戻され、徳之島《とくのしま》、次いで沖永良部《おきのえらぶ》島へと流されたのである。大久保は盟友である西郷が久光の意に添わなかったことを残念に思うと同時に、江戸行きに懸念も抱いていた。

西郷は春嶽の腹心である橋本左内とともに将軍継嗣工作で働いており、春嶽からも信頼を得ていた。その西郷を島流しにした久光に好意を抱くとは思えないのだ。

(京はうまくいったが、江戸ではどうなるか)

大久保は不安に思わざるを得なかった。

久光の思惑とは別に幕府は動き出していた。

薩摩の動きにただ従っては、幕府の体面が傷つくことから、朝廷の意を受ける前に慶喜や春嶽の赦免に踏み切ったのである。

久光が江戸に下ってくる前の四月二十五日、春嶽の面会や書信の往復を許し幽閉措置を解いた。さらに五月七日には春嶽を幕政参与とするとともに、折々の登城を命じた。

(何のことだ——)

幕府の対応が突然、変わったことは春嶽を苦笑させた。

（それほど、島津久光に功をなさしめたくないのか）

とも思った。しかし、そのために久光に同情する気持はあまり湧かなかった。

春嶽は斉彬を敬っていただけに、斉彬が考えていた挙兵上洛を闇雲にやってのけた久光に疎《うと》ましいものを感じた。

（鵜《う》の真似をする烏《からす》だな）

とも思った。さらに、斉彬が、

「わが家の宝でござる」

と春嶽に自慢していた西郷吉之助を久光が島流しにしたことも伝え聞いていた。斉彬ならば、西郷にどれほど独断専行があろうとも懐深く受け止めていたに違いないと思うだけに、器の違いを感じないではいられない。

いったん、そう思うと、春嶽は徳川一門の貴公子だけに、外様《とざま》である久光が天下を我が物顔で動かそうとしていることに片腹痛いものを感じた。久光が江戸に出てきて、春嶽を思い通りに動かそうとしても、応じる気持はなかった。

（これが、斉彬殿であったらよかったのだがな）

春嶽は亡き斉彬に思いを馳《は》せるのだった。

六月七日――

久光は勅使、大原重徳とともに江戸に着いた。

翌朝、久光は真っ先に福井藩邸を訪ねて春嶽と会談した。

（なるほど、これは世慣れぬおひとだな）

春嶽は、江戸に着くなり訪ねてきた久光を当惑して迎えた。久光の今回の江戸入りの目的の中には春嶽を大老にするということも入っている。

春嶽と会えば、幕閣から疑いの目を向けられるだけに慎重でなければならないはずだ。もし、斉彬ならば、西郷を遣わして江戸入りの目的だけを伝え、春嶽とはあえて会おうとせず、素知らぬ振りをするだろう。

それなのに、これほどあからさまであっては春嶽も対応に困った。久光は初めて会った春嶽に笑顔を向けて、しきりに学問の話などを仕掛けてくる。

おそらく、自らの素養を見せつけようと学問誇りをするのだろうが、これほど政に関わる動きをしているからには、無用なことだった。

斉彬は言うに及ばず、西郷であってもこのようなときは、一見、愚に思えるような世間話だけをして、さっと引き揚げるだろう。

それで、意のあるところは十分に伝わるのだ。

（田舎者め――）

春嶽はひややかに久光の薩摩顔を見つめた。久光に対して抱いた感想は西郷とまったく同じだった。

しかし、久光の好意は春嶽の冷淡な態度にも拘《かかわ》らず衰えなかった。

十日に勅使が将軍に謁見、勅旨を伝えた後、久光は何度も春嶽に手紙を送って政への出馬を要請した。

――尊公（春嶽）は御家門の御家筋故、徳川家と興亡を共になさるべきは勿論《もちろん》の御事、殊に御依頼の勅諚もあらせらるゝ、御事に御座候えば、天下の大政万端御尽力これ有り度事と存じ奉り候

とあられもないほどに懇請し、さらに、春嶽が天下の大事を傍観することは、春嶽のためにならない、と半ば脅したり、

――尊公の御誠心により、ぜひ天下を挽回《ばんかい》遊ばされたし

と熱望する有様だった。

春嶽は久光の手紙を読むにつれて鼻白んだ。

久光が自分についてどれほどのことを知っているのだろうと訝《いぶか》しんだ。もし、春嶽について知っているのであれば、大事な伝達役となる西郷を島流しになどしなかっただろう。

春嶽は靫負に久光の手紙を見せて、どう思うか、と訊いた。靫負は熟読したうえで、失笑をもらした。

「おそらく斉彬公が大殿を頼るように遺言されたのではございますまいか。その言葉を信じて大殿にすがっておられるのでございましょう」

「狙いは官位か」

春嶽はつめたく言った。靫負はうなずいたがさすがに言葉にはしなかった。

官位の無い久光は、江戸に出てくれば、ただの、

——島津三郎《さぶろう》

に過ぎず、諸大名との交際も満足にはできない。いまさらながら、そのことに気づき、春嶽を斉彬との誼《よしみ》を頼りに動かそうとしているのだろう。

「つまるところ、覇道のひとだな。まことに天下のことを思っているわけではないようだ」

靫負は苦笑いした。

「さようにはございますが、大殿が赦免されて、幕府の参与になられたのは、島津様

のおかげではありましょう。粗略にしては罰が当たりますぞ」

「はたしてそうかな」

春嶽は木で鼻をくったような物言いをした。

徳川一門の春嶽はひとの世話になったことがないだけに、恩に着るという心持ちがあまりない。まして、相手には自分の栄達への思惑があってのことだと思えば、さほどに考える気にもなれなかった。

「まあ、島津殿のことはともかく、勅使が来られているのだ。勅諚を無視するわけにはいかぬ。されば、どのあたりを落とし所にするかだな」

春嶽はため息をついて考えこんだ。

いずれ政の場には出ようと思っているが、勅使によって動かされたということになると、今後、すべての勅命を奉じなければならなくなる。それは、幕府と朝廷の間柄を却って難しいものにしてしまうだろう。

春嶽が考えをめぐらしている間にも勅使の大原重徳は何度も勅諚の履行を幕閣に迫った。

六月二十九日、大原が四度目の登城をすると、老中はようやく、朝旨三条を行うことを奉答した。さらに七月一日、大原が五度目の登城をすると、将軍家茂は奉答書を提出した。

七月六日、幕府は慶喜に将軍後見職を命じた。さらに春嶽には政事総裁職への就任を求めた。

春嶽には、まだためらう気持があったが、小楠を召して意見を聴いたところ、

「もはや、潮時でございましょう」

ときっぱり言った。

「そうか、やらざるを得ぬな」

これからの困難を思いつつ、春嶽は政事総裁職の就任を決断した。その心境を詩に託した。

徳涼《すくな》く才浅く余の愚を恥ず
皇上誤って天下の枢に充てたまう
自ら反《かえりみ》て胸中一物無し
寸誠聊《いささか》宸謨《しんぼ》を賛したてまつらんと欲す

春嶽が政事総裁職を受けたことを知った久光は八月二十一日、江戸を発《た》ち、京へ向かった。江戸での思わぬつめたさは感じていたが、少なくとも勅諚を押しとおしたか

らには、京での評判は上々のはずだった。

久光は傲然として京への途についた。しかし、そのことが心の隙になったのかもしれない。途中、生麦村にさしかかったところで、行列の前を横切ろうとしたイギリス人三人を殺傷する、

――生麦事件

を引き起こした。薩摩でならば、行列を乱した者はどのような身分の者であれただちに斬られる。

久光はイギリス人を斬ったことを何とも思わず、そのまま旅を続けた。外国人の殺傷が大きな国際問題になるとは久光の念頭になかった。しかし、これがやがて薩英戦争にまで発展するのである。

春嶽は江戸を発った久光が途中、イギリス人を殺傷したという報せを聞いて、呆然《ぼうぜん》とした。

(何という男だ――)

久光が慕い寄ってくるのをつめたくあしらわず、外国との関わりをどのようにしていくかなどを話しておくべきだったかと思ったが、いまさら手の施しようがなかった。

久光の挙兵上洛は幕末の情勢を大きく動かしたが、同時に混迷の度も深めた。

春嶽はそのような政治情勢に幕府を背負って立ち向かわねばならなくなった。

気が付けば、これまで譜代大名に独占されてきた政権が、初めて徳川一門の春嶽と慶喜に託されたのである。

だが、慶喜はかつて将軍継嗣にかつがれようとしただけに、幕閣から将軍の座を狙っているのではないかと警戒の目で見られるところがあった。

慶喜もそのことを知っているだけに、保身のためにも政に出過ぎないようにする気配があった。

だとすると、実際に幕政を担うのは春嶽だけである。霊岸島に幽閉されていた春嶽は気が付けば時勢の波にのって、政の大舞台に躍り出ていた。

春嶽が政事総裁職を引き受けたことで、実質的な、

――春嶽政権
が始まったのである。

春嶽はあらためて気を引き締めるのだった。

十六

春嶽が政事総裁職となるにあたって、幕閣には春嶽を、

――大老

に推す声があった。

しかし、大老にはこれまで井伊直弼など譜代大名が就任している。徳川一門であることを誇りとする福井藩家中には、大老就任に納得しない声が多かった。

このため政事総裁という新たな役職をつくるしかなかった。それだけに福井藩にとって、春嶽が就任した政事総裁は大老を超えて、幕政を担う存在だった。

実際、春嶽が七月九日、江戸城に登った様子を中根靱負は、

――御玄関にて殿中御徒《おかち》目付御先払い、御城内および見付け〳〵惣下座《そうげざ》往来留《おうらいどめ》にて、御威勢大老職よりも超越せり

と『奉答紀事』に記している。家臣の目から見ても春嶽は大老の威勢を、

――超越

していたのだ。

だが、春嶽がまず相手にしなければならなかったのは、老中、若年寄の因循ぶりだった。春嶽は島津久光が起こした生麦事件への対応に苦慮していた。

このため、春嶽は島津久光を引き留めることやイギリス側の事情を質《ただ》すことや、朝廷へ事情説明に幕閣を派遣することなどを命じたが、いずれも遅滞して行われなかっ

た。

――これは、これは面白きこと

春嶽は怒るよりもおかしくなった。

幕府の大老を上回る政事総裁職なら何事も思い通りに幕府を動かせるのかと思ったらそうではなかった。

役人たちは動かない智慧《ちえ》に長《た》けている。役人の意に染まないことをさせるのは、馬や牛を動かすよりも口舌に長けているだけに難しかった。

何を命じてもやらない、とは言わない。これこれの事情があって難しい、やっているがなかなか思い通りに進まないなどと言う。

そうしている間に時機を逸し、結果として何もせず、何も変わらないことを望んでいるのだ。そうした幕閣の様を春嶽は、藩主の座を譲った茂昭への手紙で、

――ふぬけ同然

と酷評した。

（ならば、こちらにも考えがある）

春嶽は八月二十四日から登城しなくなった。

罷業《ストライキ》である。

さすがに幕閣も困り果てて、大目付の岡部《おかべ》長常《ながつね》が春嶽の側近で軍師ともいうべき横

井小楠を招いて春嶽の心底を訊いた。

小楠は、岡部に向かって余裕たっぷりに、春嶽の胸中には次のような七策（国是七条）があるのだ、と述べた。

一、将軍上洛を先務とする。
二、諸侯の参勤を止める。
三、諸侯の妻子を国許《くにもと》に帰す。
四、外様・譜代の区別なく有能な人物を登用する。
五、大いに言論の道をひらいて天下と共に公の政を行う。
六、海軍を諸侯と合体して興す。
七、海外交易を諸侯と組み合って行う。

というものだった。これが、春嶽が打ち出した幕政改革の骨子だった。いずれも小楠の献策によるものであることは言うまでもない。

将軍の上洛とは、〈安政の大獄〉で冷え切った朝廷との関係を修復し、公武合体により国難に立ち向かう方針を明らかにしたものだった。

同時に諸大名の参勤交代の負担を減らすことでそれぞれ海防の備えをさせ、さらに海軍の充実と海外交易を図ろうとしていた。

すなわち、春嶽は朝廷に対する尊崇の念を明らかにするとともに、諸大名に対する強権的な政治を止めて諸大名とともに富国強兵に努めようとしたのだ。

その根底にあるのは、幕政をこれまでの徳川家の私政から脱却させ、

——公の政

を行っていこうという考え方だった。

岡部に招かれたことを小楠は春嶽に報告した。

「さて、わたしの意のあるところを得心はいたしたであろうか」

春嶽が首をひねると、小楠は微笑した。

「得心はいたしたと存じます。ただ、それを行えますかどうか」

「そのことよ。あたかも二百数十年の間、塵芥《じんかい》が降り積もった古屋を掃除いたすようなものだな。一朝一夕にはいかぬが、時勢がそれを待ってはくれぬ。動かぬ役人どもの尻を叩き、世間からは謗られる泥にまみれる覚悟でやるしかないな」

「難しきところでございますが、大殿がそのお役目につかれたのです。世人の悪罵を恐れては何事もできませぬ。されど大殿がなされなければ、わが国は異国の侮りを受け、領土を奪われて亡《ほろ》びましょう」

小楠は厳しい表情で言った。春嶽がうなずく。

「まことに貧乏くじだが、成し難きを成すのが政であろうな」

小楠は頭を下げて、

「それがし、大殿のお考えにて幕閣が動くように微力を尽くしまする」

と言った。

「頼むぞ、そなたはわたしの伏龍《ふくりゅう》ゆえな」

春嶽はからりと笑った。小楠は伏龍と言われて、わずかに首をひねったが何も言わなかった。

岡部は小楠との会談で大きな感銘を受けた。

この日のうちに登城すると、御用部屋で月番老中の水野忠精と板倉勝静《いたくらかつきよ》に報告した。水野と板倉も小楠の卓見に感心して、一橋慶喜に告げた。

さらに老中たちは、小楠を公儀の直参《じきさん》として召し抱えてはどうか、と言い出した。このことは慶喜によって春嶽に書状で告げられた。

小楠はこの機会に板倉や慶喜にも会いにいった。ふたりとも小楠の見識の高さに圧倒され、ますます、幕臣に召し抱えたいと言い出したが、小楠はこれを謝絶した。

春嶽はこのことを聞いて、

「せっかくの出世の機会ではないか」

と冗談まじりに言った。小楠は苦笑して、

「うかうかと出世の話にのれば、上り切ったところで梯子《はしご》をはずされるのは目に見えております」

「なるほど、それはわたしも同じことだな。政事総裁職だなどとおだてられてはおるが、支えられているはずの梯子は常にぐらぐらしておる」

「さよう、そのことで、ご用心なさった方が良いお方がおられると存じました」

「一橋殿か――」

春嶽は打てば響くように答えた。

小楠は深い目の色をしてうなずいた。

「一橋様は将軍後見職にて、大殿とともに車の両輪として幕政を担うべき御方にございます。まことに英明、才気煥発《かんぱつ》のひとにて諸大名の中にもこれほどの方は少なかろうと存じます。ただし、心変わりが激しく、いわば変節のひとではなかろうか、と存じます。さらに申せば、貴人、情を知らずと申します。いざとなれば味方をすら見捨てる方ではありますまいか」

春嶽はためいきをついた。

「そのことだ。かつてわたしは慶喜殿を将軍継嗣に推した。立派な将軍になられるであろうと思ったからだが、違ったようだ。いまの将軍である家茂様は、誠実この上ないお人柄で将軍にふさわしい。皮肉なものだな」

「さようにございます。あるいは大殿にとっての難敵は言うことを聞かぬ役人だけではないかもしれませんぞ」

　小楠は憂慮するかのごとく言った。

　春嶽は思わず、怜悧な慶喜の貌《かお》を思い浮かべた。


　春嶽は小楠を通じて幕閣に伝えた建策が受け入れられたのを見定めてから閏《うるう》八月六日に登城した。

　すぐさま、この翌日から、将軍臨席のもとでの評定を定例として行い、将軍後見職、政事総裁職、老中、三奉行が列席する会議の形式を定めた。

　こうして閏八月から九月にかけて、将軍の翌年二月の上洛、参勤交代の緩和、諸侯妻子の帰国許可、服制の簡素化など幕政の改革を相次いで行った。

　また春嶽はこのころ尊攘派の天誅が猖獗《しょうけつ》を極めて、血風吹きすさぶごとくになっている京の鎮静化のための知恵を絞っていた。

　思い立ったのが所司代、酒井《さかい》若狭守《わかさのかみ》忠義《ただあき》の後任として新たに京都守護職という官職を設けて、会津藩主の、

——松平容保

を据えることだった。

会津藩の藩祖は二代将軍秀忠の庶子、保科正之《ほしなまさゆき》である。謹直で側室を置かなかった秀忠はたった一度、湯殿で女中に手をつけて産ませた正之を信州高遠《しんしゅうたかとお》藩主保科正光《まさみつ》に託して実子として認知しなかった。

秀忠はそのまま亡くなり、正之を一門として認めたのは三代将軍家光《いえみつ》だった。

正之は名君であり、しかも自らの出生のためか徳川家への忠誠の心が厚く、それは歴代藩主に伝わっていた。当代藩主の容保は尾州《びしゅう》家の支藩である美濃《みの》の高須《たかす》藩城主、松平義建《よしたつ》の六男で、会津松平家に養子に入ったひとだ。それだけに藩祖以来の徳川家への忠誠心を抱いていた。

春嶽は会津藩の重役を呼び出して京都守護職就任を要請した。だが、家中には京に出ることは尊攘派に対抗して火中の栗を拾うに等しいだけに受けるべきではない、という意見が重臣の間にも根強かった。

これを知った春嶽は八月に入って、容保に何度も書状を送った。春嶽は手紙で、

「徳川の信、不信、公武合体がなるかならぬかはすべて貴兄が（京都守護職就任を）決断されるかどうかにかかっています。小生が泣いて申し上げるのも、もし土津公《はにつ》（藩祖正之の神号）がおられたら必ずお請けいただけたと信じるからです」

と熱心にかき口説いた。

春嶽の説得に動かされた容保は引き受ける決心を固めた。これを知った国家老、西《さい》郷頼母《ごうたのも》らは急いで江戸に出ると、京都守護職を引き受けることがいかに危険かを述べて容保を諫《いさ》めた。

容保は西郷たちの諫言《かんげん》はよくわかるとしたうえで、藩祖以来の会津藩の使命を思えば引き受けざるを得ないのだ、と声涙ともに下らんばかりに述べた。西郷たちも容保の決意のほどを知って、

「もはや、君臣ともに京都をもって死に場所と定めましょう」

と悲壮な覚悟を定めた。

容保は春嶽が再び登城する直前の閏八月一日に登城して京都守護職に任じられた。同時に正四位下に任じられ、役料五万石、上洛のための費用として三万両を与えられた。

だが、それはこれから会津藩が味わう苦難から見ればさしたることではなかったと言えるだろう。

容保が京都守護職になったことについて、仙台《せんだい》藩士玉蟲《たまむし》左《さ》太夫《だゆう》が、文久二年（一八六二）から元治《げんじ》元年（一八六四）にかけての記録文書をまとめた『官武通紀』には、

――会津侯がこの度、守護職を仰せつけられたのは、すべて春嶽様のお取りはから

いで、一杯食わされたという評判がある

と記されている。世間では、あたかも容保が春嶽にだまされて、のせられたかのように評判したのだ。

会津藩は藩主容保を始め、重臣たちも賢明だった。あえて、自らの損を選んだのだ、ということを理解する者は世間に少なかった。

さらにこの時期、春嶽が打ち出した海軍創設の方針に従って用いられることになった人物がいる。

——勝海舟

である。海舟は旗本小普請組の勝小吉《こきち》の長男として生まれた。若いころから西洋兵術の勉強を始め、蘭学を学んだ。蘭書も読んだ。

赤坂《あかさか》に蘭学塾を開き、また諸藩の依頼により鉄砲や大砲を鋳造した。嘉永六年（一八五三）のペリー来航に際しては幕府に海防意見書を提出、安政二年（一八五五）に異国応接掛手附蘭書翻訳御用となった。

このころから大久保忠寛《ただひろ》の知遇を得るようになった。安政二年七月、海軍伝習のために長崎に派遣された。さらに万延元年（一八六〇）日米修好通商条約批准使節派遣の機会に咸臨丸《かんりんまる》を指揮して太平洋を横断、アメリカに渡った。

その後、帰国すると、蕃書《ばんしょ》調所頭取助、軍艦操練所頭取などを務めた。才気があり、鼻っ柱が強く、上司におもねらない硬骨漢でもあった。

幕府ではこの時期、〈海軍御備向並御軍制取調御用掛〉を設けて、軍艦奉行の木村《きむら》喜毅《よしたけ》らが海軍建設構想を練っていた。

その内容は、全国海軍を親衛艦隊と沿岸警備艦隊に分け、親衛艦隊は江戸、大坂を警備、沿岸警備艦隊は日本の沿岸を六地域に分けて警備するというものである。一戦隊を大艦三隻、小艦九隻、運送船一隻として全国で十四戦隊、兵員五千を配備する計画だった。この計画書を一読した勝は、

「かかる盛大な備えをするのに、五、六百年はかかりましょう。それがしはまず五、六名の有志を集め、横浜あたりで航海の技術を伝習するところから始めるつもりでござる」

と歯に衣《きぬ》着せずに言って、老中たちを鼻白ませた。

しかし、勝の意見は春嶽も加わった閏八月二十日の評定によって取り上げられ、翌文久三年、神戸に海軍操練所が作られることになった。

すでに出来上がっていた計画が勝によって葬り去られたのは、全国の沿岸警備を各藩に負担させるやり方にあくまで幕府が強権を発揮していこうという考えが込められていたからだ。春嶽は、海軍の創設は諸侯と合体して行わなければならない、と考え

ており、勝はそのことを見抜いていた。

言わば、徳川家の私政の臭いをかいだのだ。

海軍創設に関する勝の見識を春嶽は認め、そのことが後に坂本龍馬が福井藩を訪ねてくることにもつながったのである。

一方、この時期、小楠は老中、板倉勝静や大目付岡部長常だけでなく、御側御用取次の大久保忠寛とも親しく意見を交わすようになっていた。

これに勝を加えた形で春嶽政権の陣容はととのってきた。

だが、そんな春嶽にとって頭が痛かったのは、この時期、京から攘夷を督促する勅使が下ってくることだった。尊攘派の公家である三条実美らが孝明天皇に盛んに意見具申した結果だった。さらに薩摩、長州、土佐藩主による攘夷督促の勅使を派遣せよとの建議書も上がってきていた。

いずれも藩主の名を使った各藩の尊王攘夷派の策謀だった。そのことは朝廷にも知られていたが、京は天誅の嵐が吹き荒れているだけに、尊攘派の意向に逆らう公家はなりを潜めていた。

孝明天皇は尊攘派に突き動かされるようにして勅使派遣を決断したのだ。

〈安政の大獄〉での暴虐の後に朝廷と融和して国難にあたろうとしている春嶽にとって、孝明天皇の攘夷の意思は無視するわけにはいかないものだったからだ。

（さて、どうしたものか）

春嶽は御座所でこめかみを指で押しながら考え込んだ。

十七

十月十三日、春嶽は幕閣に政事総裁職の辞表を提出した。十五日の午後になって春嶽の友でもある土佐の山内容堂が騎馬で訪ねてきた。

容堂は八月に将軍家茂から登城を命じられ、隠居の身ながら、今後は幕政に助言するようにと申し渡されていた。

容堂は将軍直々の命に感激し、その後は幕閣に大いに意見を述べるようになっていた。

その矢先、春嶽が辞表を提出したのであわてて訪ねてきたのである。

豪放な容堂は端《はな》から慰留などはしない。

「春嶽殿の我儘《わがまま》にも困ったものだ」

と嘆息して見せた。

「我儘ですかな」

春嶽は笑った。

「我儘も我儘、大我儘の馬鹿者ですな」

容堂は両膝に手を置いて、春嶽を睨《にら》み据えた。

「さて、そう言われてもな」

春嶽は腕を組んでそっぽを向いた。老中相手ならこんな対応はしないが、容堂には思ったままを言える気楽さがあった。

春嶽はなぜ辞表を出すにいたったのか。

このころ、勅使となる三条実美が勅使の待遇について、松平容保を通じて幕閣に申し入れてきていた。内容は細かなことで、乗物からの下乗の場所、さらに式台までの出迎えはこれまで馳走《ちそう》役の大名だったが、これを老中が行うこと、などだった。

眼目となるのは、勅使と将軍の対面についてで、いままで将軍が上段の間で待ち受け、勅使も上段に上がって勅命を述べたが、これからは将軍が中段で待ち受け、勅使が上段に上った後、上段に上がって対座することだった。

勅使に対し、将軍に敬意を示させようというものだったが、いわば見栄の張り合いで、虚礼だと割り切ればどうということもなかった。

しかし先例を重視する老中たちは猛反発した。春嶽はこれを苦々しく思っていたが、老中たちを説得するのに難渋した。さらに攘夷を督促する勅使への対応をめぐっても幕閣内で二転、三転していた。

春嶽は小楠と相談して、苦肉の策として、

——破約攘夷

という方針を打ち出していた。一見、攘夷策に妥協したように見えるが、実は深謀があった。

攘夷を行うには、まず諸外国と結んだ条約を破棄しなければならない。破約して戦端を開くことを覚悟したうえで、将軍を始め諸大名が京に集まり、朝廷とともに今後についての大方針を決めようというのだ。

朝廷の許しを得ずに結んだ条約をいったん破棄し、そのうえであらためて外国の軍事力などについて議論し、開国の方針を定めるのが狙いだった。

すなわち、破約攘夷は朝廷や諸大名との話し合いの場を開くためのものだった。実際には、

——破約開国

であり、さらに、外国に対しては、

——条約改正

を申し入れることでもあった。だが、この方針に一橋慶喜が猛然と反対した。

すなわち、いったん外国と結んだ条約を破棄することは信義にもとる、朝廷には堂々と攘夷ができないことを申し上げるべきだ、その使者には自分がなろう、という

のだ。

この意見に対しては慶喜の説得に赴いた小楠も、

――正論である
として引き下がらざるを得なかった。

一橋屋敷から戻ってきた小楠は、首をかしげて、

「一橋様の申されようはまことに見事なものでございます。わたしも何の反論もできませなんだ」

と言った。春嶽は眉をひそめて、

「まことに一橋殿が信念を曲げられるならば、ということであろう」

と苦々しげに言った。

「さようでございます。主張しておられることはまことに正しいのです。後はそれをやりとげる覚悟がおありになるのかということです。しかし、弁舌に長けておられるだけに言い負かすのは難しゅうございますな」

小楠は苦笑するしかなかった。だが、そんな慶喜に頭ごなしに反論した男がいた。

山内容堂である。

慶喜の原則論に対して、容堂は、

「そんなことができるものか」

と猛然と主張した。

京の情勢を考えるなら朝廷の攘夷論にいったんは服するしかない、と言って容堂は老中たちを説得してまわった。

容堂の土佐藩は武市半平太（瑞山《ずいざん》）率いる土佐勤王党が台頭し、いまや藩政を動かすとともに、京に出て長州藩とならぶ活動をするようになっていた。

今回の勅使派遣についても武市の働きが大きかったのである。容堂は京の情勢を知るだけに、

「開国論などとても通じない。さようなことをしていては、攘夷は攘将軍家に変わりかねないぞ」

と老中たちを説き、あるいは怒鳴りつけてきた。このためようやく幕府の方針は攘夷受け入れに変わってきた。春嶽が主張した破約攘夷に戻ったのである。

一方、あれほど正論を得々として述べていた慶喜も容堂の説得にしだいに応じるようになっていた。秀才型の慶喜は容堂のような暴論にあうと腰砕けになるところがあったのだ。

春嶽は容堂の説得を慶喜が受け入れ始めたことに却《かえ》って危惧の念を抱いた。

（このように風の吹きようで方針が変わっては幕府の屋台骨がゆらいでしまう）

そう考えた春嶽は、小楠に、

「あれはどうであろうか」

と諮った。あれと聞いただけで、小楠はぴんときたらしく、

「よろしゅうございますな」

と即答した。あれとは、これまでも春嶽と小楠の間で話し合ってきたある策のことだった。この策を考えついたのは、大久保忠寛だった。

大久保は将軍の上洛についての幕閣の会議の際、

――幕府にて掌握する天下の政治を朝廷に返還し奉《たてまつ》りて、徳川家は諸侯の列に加わり、駿遠参（駿河《するが》・遠江《とおとうみ》・三河《みかわ》）の旧地を領し、居城を駿府《すんぷ》に占め候儀、当時の上策なり
と進言したと『逸事《いつじ》史《し》補《ほ》』にある。後の、

――大政奉還論
である。このとき、老中たちは、

――満座大笑し、とてもできない相談なりといへり

と笑って大久保の意見を退けた。だが、一座にいた春嶽は笑わずに考え込んだ。そして屋敷に戻ると、小楠の意見を訊いたのだ。小楠はしばらく考えた後、莞爾《かんじ》と笑った。

「大殿、これは随分と面白き策にございますぞ」

「そなたもそう思うか」

春嶽は目を光らせた。

「幕府が大政を奉還するということは朝廷を中心に新たな国造りを行うということでございましょう。その中に大殿を始め、われらが加わるのであれば、無用な攘夷策などとらずに面白きことができましょう。何より、大殿がかねて仰せになっている徳川家の私を去り公の政ができますぞ。いわば身を捨ててこそ浮かぶ瀬もあれでございます」

「身を捨てて浮かぶのか、そなたは面白いことを申す」

春嶽は大笑した。

幕閣に、朝廷の攘夷督促に応じるほかない、という空気が漂い出した十月八日、春嶽は城中で、

――大政奉還策を慶喜に話した。

「わたしが破約攘夷を言ったのは、国内をまとめ、いずれ開国の方針を打ち出すためでござった。一橋殿が朝廷に開国のやむなきを堂々と正面から唱えるべきであるとされるのと向かうところは同じでござる。されど、いまや山内容堂殿が言われるようにいったんは攘夷に服するしかないとするならば、幕府は政権を返上いたすべきかと存ずる。一諸侯となったうえで、あらためて攘夷か開国かの意見を朝廷に申し上げてはいかがであろうか」

春嶽が話すうちに、慶喜は奇妙な表情を浮かべた。

春嶽は何を言っているのだろう、と戸惑う表情だったが、やがて思い出したように、

「大久保がさようなことを申しておりましたな」

とつぶやいた。

「さようでござる。大久保はもはや、幕府にはそれしか道がないと申しましたが、わたしはさように考えるのではなく、これこそが開国をめざすための道なのだと思い立ったのでござる。徳川家が政権を返上してこそ、公論が起きましょう」

春嶽は力を込めて言った。

「しかし、それでは幕府がなくなる。徳川が将軍でもなくなる」

慶喜は呆然《ぼうぜん》としてつぶやいた。

「徳川が将軍でなくとも、わが国が救われればそれでよいではござらぬか」

「徳川が将軍でなくともよいなどと、一門の身でよく申されますな」

慶喜は蔑《さげす》むように言った。

春嶽は、あっと思った。

慶喜のひとを侮るような言い方が、かつて将軍継嗣問題で激論したおりの井伊直弼を思い出させたのだ。

(似ている——)

春嶽は愕然とした。

慶喜は井伊直弼同様に、決して徳川氏の政権を手放そうとはしないのだ。それは、いかに名論卓説を述べようとも徳川家という私を捨てないということだった。

(それではこの国難は乗り切れない)

春嶽は歯噛みする思いだったが、慶喜は将軍後見職である。慶喜が納得しない限り、政権の返上はなし難かった。

大政奉還策は後に小楠の影響を受けた坂本龍馬によって土佐藩の意見として幕府に提出され、慶喜が行うという皮肉なめぐり合わせになるのだが、政策において変転極まりない慶喜の大政奉還の意図は疑われ、ついには倒幕への動きにつながっていくのである。

春嶽は慶喜への不信から辞表を出したのだ。

辞表では幕閣が旧来の陋習《ろうしゅう》に囚《とら》われて勅使の待遇でも因循な意見を述べ、そのことは将軍後見職の一橋慶喜も変わらないと論難した。

春嶽にとって政権運営が暗礁に乗り上げた思いだった。

「春嶽殿の腹の内はわからぬわけではありませんぞ」

容堂は向かい合っている春嶽の目を覗《のぞ》き込むようにして言った。

春嶽は大きく息をついて、

「さように言われるが、此《こ》度《たび》の勅使下向の一件は土佐の尊攘派がだいぶ働いたと聞いていますぞ」

「武市半平太のことですな。あ奴はわたしの懐刀ともいうべき、参政の吉田東洋を暗殺して藩政を動かすようになった憎い男でござる。いずれ腹を切らせるが、しばらくはそうもいかぬ」

「果断な容堂殿にしては随分と悠長ですな」

春嶽は冷ややかに言った。

容堂は何か言いかけたが、ふと思い直したように、

「酒がないな」

とつぶやいた。

春嶽はうんざりした顔をしながらも小姓を呼んで、容堂へ酒を持ってくるよう命じた。間もなく酒器が運ばれてくると、容堂はにこやかな表情になり、手酌で酒を注いで、ぐいと盃を仰いだ。

ふーっと息を吐いた容堂は、春嶽を見据えて、

「なぜ、武市にすぐに腹を切らせぬかというと、あ奴はわたしのために働いていると称しておるからでござる」

「ほう、開国論者である容堂殿のために尊攘派の藩士が働くのでござるか」

春嶽は皮肉な口調で言った。容堂はふん、と鼻先で嗤《わら》った。

「すべては〈安政の大獄〉が悪かったのでござる。あのおり、それがしも隠居させられましたが、世間では井伊大老によって尊攘派が弾圧されたかのように言いはやした。それで、武市たちは幕政を難じる術《すべ》を覚えたのでござる。それゆえ、罪を得た藩主の雪冤《せつえん》のために朝廷に働きかけていると称しているのでござる」

「なるほど、すべては井伊の播《ま》いた種ということか」

それをまた、慶喜が繰り返すのではないか、と春嶽は危ぶんだ。そんな春嶽の顔を見詰めつつ、

「一橋慶喜殿も辞表を出されるそうですな」

とぽつりと言った。

春嶽はぎょっとした。

「それはまことですか」

「まことですよ。だからわたしはここに来たのだ」

春嶽は眉根を寄せた。

「なぜ一橋殿は辞表を出すのですか」

春嶽の言葉を聞いて、容堂はにやりと笑った。

「自分が辞表を出して、ひとが出すと、なぜなのか、と問うのはいかがなものですかな。まあ、それはよいとして、一橋殿はまた、変わったのですよ」

「どう変わったのです」

「わたしの説得で攘夷やむなしと思われたようだったが、また開国論を言いだされたのです」

「またもや――」

春嶽はあっけにとられた。慶喜は何度、自らの意見を変えれば気がすむのか、と思った。

容堂は酒を飲みつつ、

「開国論を主張したいが、勅使がこれを受け入れるとは思えない。それで辞表を出すということで、筋が通っているようだが、つまるところは体裁を飾って逃げようというのですな」

と言って、からりと笑った。

「そういうことか」

春嶽が腕を組んだのを見て、容堂は、

「また来ますぞ」

と告げて立ち上がった。この日の説得はこれで十分だと思ったのだ。後は春嶽自身が考えればよい。

容堂が去った後も春嶽は考え続けた。

容堂は二十三日にもやってきた。

勅使への応対について幕閣でもおおよその意見がまとまったと告げ、

「すなわち、勅命に従うのみということでござる」

と言った。そのうえで、

「先日来、春嶽殿が登城なされず、一橋殿も辞意を表明されて屋敷に閉じ籠《こも》っておられる。このため御用部屋は火が消えたように暗く、老中どもも途方に暮れております。

もはや、勅使への待遇のことなども先例にこだわらぬことになりました。そろそろご登城あってしかるべしですぞ」

とだけ言って風のように帰っていった。

容堂が去ると松平容保がやってきた。あるいは容堂と示し合わせていたのかもしれない。容保は誠意を顔に表して、

「今日は老中たちを代表してやって参りました」

と告げて、春嶽に登城するよう、誠心誠意求めた。容保の言葉には虚飾がなく真実が込められているだけに、さすがの春嶽も折れた。

登城する意志を固めた春嶽は、

（慶喜殿を引き籠らせておくわけにもいくまい）

そう思って、翌朝、一橋邸に赴いた。この時、春嶽は夜まで一橋屋敷で慶喜に登城を求めたが頑として応じない。だが、春嶽はいったんやり始めたからには執拗《しつよう》だった。

翌日も慶喜を訪ねて説得し、ついには、

「登城なさらぬのは、勅命にも将軍家の命にも従わぬということでござる。重いお咎《とが》めを受けることになりますが、それでもよろしゅうござるか」

と脅した。

慶喜は春嶽の強硬さにさすがに青ざめ、登城することを承諾した。こうして、春嶽

は勅使受け入れにたどりついたが、この後、将軍家茂の上洛という大きな山場をひかえていた。

一橋屋敷を出て平河《ひらかわ》口から登城しながら、春嶽は空を見上げた。

抜けるような青空だった。

（暗雲などどこにもないではないか）

春嶽は皮肉な笑みを浮かべつつ城内に入っていった。

勅使は十月二十八日に江戸に着いた。

将軍と対面し、勅書を授けたのは十一月二十七日のことである。これに先立って十一月二十日に将軍家茂は春嶽に、

「これまで朝廷を幕府が圧迫してきた非政を思うと胸が痛む。よって内大臣の官位を辞したいと思うので、老中に話して取りはからうように」

と命じた。

このことに春嶽は感激した。

自ら官位を辞そうとする家茂は、徳川家は私を去らねばならないと考えている春嶽にとって理想の将軍だった。

春嶽は茂昭への手紙で、感激を伝え、

――この君のために生命を失ひ候ても甘受なり

と記した。

十八

十二月十九日――

この日、小楠は親しい肥後藩士の都築《つづき》四郎《しろう》と吉田平之助が江戸を離れることになったことから、常盤橋の福井藩邸に近い吉田の別宅の二階座敷で開かれた別宴に出席した。

芸者もいて、にぎやかな酒宴になったが、その途中、二階の座敷に駆け上がってくる異様な足音が響いた。

小楠はとっさに立ち上がった。刺客だと思ったのだ。

長州藩の周布《すふ》政之助《まさのすけ》や桂小五郎《かつらこごろう》ら名だたる尊攘派が九月ごろ、しきりに福井藩邸を訪れ、小楠に面会を求めた。

小楠が会ってみると、周布や桂はしきりに勅使の攘夷督促にどう答えるつもりなのか、と問い質《ただ》した。

小楠が笑みを浮かべて、

「破約攘夷である」

と答えると、ふたりは満足して帰っていった。しかし、その際に、

「尊攘派の中には、横井殿を開国派と見て天誅を加えようとしている者がおります。ご用心なされよ」

と言い残していった。

あるいは、小楠を脅すつもりだったのかもしれない。剛腹な小楠は聞き流していたが、それでも用心は忘れなかった。

この時もとっさに危険を察知して、階段を下りようとした。三人の武士にすれ違った。彼らは小楠の顔を知らなかったらしく、階段の途中で小楠をやり過ごした。

そして抜刀すると、二階に上がり、いきなり都築と吉田に斬りかかった。この間、小楠は藩邸に戻り、あらためて藩士を連れ、別宅に駆け戻って都築と吉田を助けようとした。

しかし、小楠たちが駆けつけたときには、暴漢たちは退散し、都築と吉田は負傷していた。

間もなく、襲ったのが肥後藩の足軽の三人だとわかった。三人は尊攘派で、都築や吉田が小楠の影響で開国論を唱えるのを憎んでいて、襲撃を計画したのだ。

三人は小楠が酒宴の場にいるとは思っていなかったため、階段を下りる小楠に気づかず刃《やいば》を向けることはなかったのだ。

だが、この事件は小楠にとって大きな災厄だった。

肥後藩では、都築と吉田が襲われた際、小楠がひとりだけ逃げて助かったことを重く見て、

「小楠は士道を忘却している」

と非難したのだ。

肥後藩の中にはかねて小楠を憎む者も多く、この事件をきっかけに小楠を肥後に呼び戻して切腹させようとした。

春嶽は驚いて中根靱負に肥後藩と交渉させ、小楠を越前で謹慎させることにした。幕府の政事総裁である春嶽の要望を肥後藩は無視することができず、渋々、小楠が越前に行くことを認めた。

これによって小楠の命は助かった。だが、春嶽にとって軍師である小楠をそばから離すことになったのは打撃だった。

小楠は江戸を発つ日、春嶽の御前に出て、

「申し訳ございませぬ」

と平伏した。

春嶽はため息をつきつつ、

「そなたの罪ではないが、困ったことになった。将軍家が上洛される際には、わたしも京に赴き、公武合体のために働かねばならぬ。その折に知恵袋がいないのはまことに心もとないぞ」

と言った。

「そのことでございますが」

小楠は膝を乗り出した。

「なんぞ、策があるか」

春嶽の目が光った。

「策と言うほどのことではございませんが、京に上られましたならば、今後は薩摩の動きから目を離さぬのが肝要かと存じます」

「薩摩か――」

春嶽は島津久光の頑固そうな顔を思い浮かべた。久光は家中の掌握こそしっかりとできているようだが、さして大きな志を持っているとも思えなかった。

「薩摩は頼りになるだろうか」

「それはわかりません。ただ、いまの京を支配しているのは長州と土佐の尊攘派でございます。土佐の尊攘派はいずれ容堂様が始末なさいましょう。そうなると、残るは長州でございます。長州に対抗できるのは、薩摩と会津、そしてわが福井藩でございましょう」

「そうなるか」

「されば、すべてはこの四藩の動きによって決まることになると存じます」

「そのようなとき、どうすればよいのか」

「まずは静観でございましょう。おそらく混迷は深まりましょうから、その動きを見定めたうえで旗をかかげられるべきかと存じます」

「福井藩の旗をか――」

「いえ、〈破私立公〉の旗でございます」

「破私立公――」

「さようでございます。およそ、政争とは私の争いでございます。しかし、私がどれほど争おうとも、公の政をなすことはできません。私を捨て、公に立つ者だけがこの国の将来を切り開けると存じます。大殿がなさねばならないのは、そのことでございます」

「だが、ひとの世は私を手放さぬ者の方が強いようだ」

　春嶽は井伊直弼や慶喜の顔を思い浮かべて言った。

「たしかにそうかもしれません。しかし、いかに現世で権勢を誇ろうとも、この世の底を流れる、正しき道に手をふれることはできぬと存じます」

「正しき道か――」

「さようにございます。この世があるということは、正しいがゆえでございましょう。俗世ではいかに誤ったことが行われようとも、世の成り立ちが正しいことには変わりありません。ならば、正しき道を歩む者は必ずやこの世での役目を果たせると存じます」

「それが国を守ることになるのか」

「さようでございます。虚《むな》しく思うことはありません。大殿は正しい道を歩んでおられるのでございますから」

　小楠は言い置いて、越前へと旅立っていった。


　春嶽が海路、京へ向かったのは翌年一月二十二日のことだった。築地《つきじ》の軍艦操練所から船に乗った春嶽は、品川沖で幕府の軍艦順動丸に乗り換えて大坂に向かった。

　順動丸の艦長は勝海舟だった。

　勝は、やはり海路、上洛していた容堂と下田港で行き会ったことを話した。勝は容堂が止宿していた寺を訪ねて、天下の情勢などを話したが、その際、土佐藩を脱藩した者が神戸の海軍操練所にいることを告げ、脱藩の罪をお許し願いたい、と頼んだ。

容堂はすぐには返事をしなかった。

脱藩した者は土佐勤王党に属していたに違いないし、だとすると参政吉田東洋殺しの一味でもある。

（許し難い――）

と思ったが、洒脱《しやだつ》を好み、見栄っ張りでもある容堂は勝から頼まれて突っぱねるのは粋ではないと思った。そこで、勝に酒を満たした大盃を与えた。勝は酒はあまり強くないから困ったが、やむを得ないと思って、ぐびぐびと飲んだ。

容堂は勝が苦しげに飲み干すのを見て、大いに笑い、

「よかろう。その者たちはことごとく許そう」

と言った。勝は大酒で青ざめながらも、

「ご証文を頂戴《ちょうだい》しとうございます」

と言った。

容堂に、後で酔余の放言であったと言わせないための用心だった。容堂はまた笑って、小姓に筆と墨を用意させると、腰から抜き取った扇子に瓢簞《ひょうたん》の絵を描き、さらに、

――歳酔三百六十回鯨海酔候

と認《したた》めて、証文じゃ、と言って勝に渡した。勝は扇子をありがたく拝受した。このとき、容堂が許した脱藩者の中に、

――坂本龍馬

がいた。幕末の動乱に向けてひとびとの縁は重なりあいつつ結びあっていたのである。

春嶽は勝の話を聞きつつ船中の旅を続け、二十九日には大坂に着いた。翌月三日に大坂を出て四日に入京すると、二条堀川《にじょうほりかわ》の藩邸に入った。

尊攘派の策謀が渦巻く京は春嶽にとって敵地同然だった。しかも、頼みの小楠は遠く離れた越前にいるのだ。

春嶽はひとりで戦うことを覚悟するしかなかった。

十九

春嶽の入京を前に中根靱負が上洛して、京の情勢を探っていた。

靱負は春嶽が京都入りする前、天保山沖に停泊した船の中で、近ごろ、幕府に通じ

たとして儒学者池内大学が殺害され、その両耳が公家の中山忠能《なかやまただやす》、正親町三条実愛両邸の門前にかけられたと報告した。

朝廷では尊攘派の三条実美が威を振るい、近衛忠煕、青蓮院宮ら穏健な公家は国事御用掛を辞し、自邸に引き籠もってしまったという。

「誰しも脅しには弱うござる。武家は家臣に守られておりますが、公家衆は築地塀《ついじべい》ひとつ乗り越えられて邸《やしき》に踏み込まれたら終わりでございますからな」

「それゆえ、暴を振るう者の思いのままに国政を動かされては迷惑だな」

春嶽は眉をひそめたが、正月十日に宇和島藩主、伊達宗城の旅宿である浄行寺《じょうぎょうじ》の門に、

――老賊伊《い》予守《よのかみ》（宗城）

と名指しで、

――悔悛《かいしゅん》しなければ朝命違背の罪により、攘夷の血祭りに致す

と墨書された紙が張り出された。さらに二月一日には、一橋慶喜の宿館である東本《ひがしほん》願寺《がんじ》の太鼓楼に、佐幕派と目された公家に仕える家宰の生首が白木の三方にのせて置かれるという事件もあった。これまで天誅《てんちゅう》騒ぎがあったとしても、

――賢侯

と称されてきた伊達宗城や、尊攘派の総本山とも言うべき水戸斉昭の子である慶喜

にまで及ぶことはなかった。

「尊攘派は見境がなくなっているな」

春嶽は眉をひそめた。これほど、憎悪に満ちた過激な行動を尊攘派がとるのはなぜなのだろう。外国から国を守ろうとするのであれば、国内がまとまらねばならない。それなのに、殺戮《さつりく》によって対立を煽《あお》っているのはなぜなのか。

(幕府への不満に火がついたのだ)

近々のことで言えば、井伊直弼が〈安政の大獄〉で尊攘派を弾圧したことに始まるだろう。長州尊攘派の中心となっているのは大獄で刑死した吉田松陰の門下生たちだという。師の怨みに報ずるという思いが、妥協を許さない過激な行動になっているのだろう。しかし、長州の動きはそれだけによるのではない、と春嶽は見た。

(毛利《もうり》は豹変《ひょうへん》した。あるいは野心に取り憑《つ》かれたのではないか)

ペリー来航以来の混乱の中で長州藩は当初、重臣、長井《ながい》雅楽《うた》が唱える、

——航海遠略策

を政局収拾の案として打ち出した。長井は周布政之助と並んで長州政治家の双璧とされ、

——智弁随一

とも言われた。雅楽は文久元年(一八六一)三月、独自の開国論として「航海遠略

策」を上表し、藩是として朝廷と幕府の間を周旋したのだ。朝廷、幕府とも安政の違勅以来のわだかまりを捨てねばならないとする公武合体策でもあった。朝廷より将軍に、航海を開き武威をヨーロッパまで広めよとの命令を出し、幕府がこれを奉じて国内を統一し、「皇国」を五大州に雄飛させることも容易である、と長井は主張した。

幕府もこれに期待をかけ、長井の朝廷周旋もうまくいったかに見えた。しかし、長井の策は幕府のためを図るものだ、として吉田松陰門下の尊攘派から反発を買った。尊攘派の画策により、藩論は、

——破約攘夷

へと一変した。

この時期、ロシアの軍艦、ポサドニック号が対馬《つしま》の一部を不法に占拠して脅かしていた。守護大名、大内《おおうち》家のころから中国地方の大名は朝鮮とのひそかな交易を行っていたので、この問題への関心が深かった。ロシア軍艦の対馬占拠は海峡の通航を封じられるだけに脅威だったのだ。

ロシアの動きを見れば航海遠略策は迂遠《うえん》な策と言えた。

また、長井の航海遠略策を支持していた幕府老中、安藤信正《あんどうのぶまさ》が文久二年（一八六二）正月十五日、江戸城坂下門外で尊攘派の志士に襲撃され、失脚したことも大きか

ったかもしれない。

安藤は大老井伊直弼の推挙で若年寄、老中と昇進していた。直弼の横死後、幕閣の首脳として、公武合体政策から孝明天皇の妹和宮《かずのみや》の将軍徳川家茂への降嫁を奏請して勅許を得た。

だが、和宮降嫁の報が伝わると、幕府は和宮を人質として廃帝を企てているとの風説が流れ尊攘派を激昂《げっこう》させていた。

このころ、品川沖の長州藩軍艦丙辰丸《へいしんまる》上において、水戸の西丸帯刀《さいまるたてわき》と長州の桂小五郎（木戸《きど》孝允《たかよし》）との間で水長盟約が成立していたが、長州藩が長井の航海遠略策を藩是として公武周旋に乗り出すと盟約は暗礁に乗り上げた。このため松陰門下の尊攘派は長井への攻撃を強めていた。

だが、これらの経緯からすると、〈坂下門外の変〉により幕府の権威が失墜したことで、毛利の藩主慶親《よしちか》と世子定広《さだひろ》が、幕府を侮ったのではないか。

（関ヶ《せきが》原《はら》の恨みというところか）

春嶽はあごをなでて考えた。

かつて毛利家は関ヶ原の合戦で一兵も戦わなかったにも拘《かか》わらず、それまでの領土、百十二万石を三十七万石に減らされて徳川に膝を屈した。

毛利元就《もとなり》以来の中国地方の覇者の地位から転落した、その恨みは代々、藩主に引き継がれてきたと噂された。

そんな毛利家だが、文久三年正月、朝廷より賞せられて、参議推任の宣旨をうけた。毛利本家の当主は、従四位下《じゅしいのげ》、大膳大夫《たいぜんのだいぶ》に叙任されることを通例としていたから、破格のあつかいだった。しかし、幕府はこれを認めなかったため、長州藩も、朝廷宛文書だけに用いた。

また、長州藩ではこのころ萩《はぎ》から山口に本拠を移そうとする動きがあり、四月には実行している。毛利が城を萩に置いたのは、関ヶ原の後、幕府に命じられてのことで、本来は瀬戸内海に面した山口を望んでいたという。

こうした動きは毛利が幕末の混乱に乗じて、かつての中国の覇者の地位を取り戻そうとしているかのように映る。

（もし、そうだとすると、朝廷と幕府の間柄の修復も難しいかもしれない）

毛利がそうであるように、朝廷もまた二百数十年にわたって徳川に抑え込まれてきた意趣返しをしようとしているのかもしれないからだ。

文久三年二月四日、春嶽は重苦しい気持で京へと入った。

二条堀川の藩邸に春嶽が入ったと知ると、すでに上洛していた山内容堂が訪ねてきた。

容堂は春嶽と会うなり、大盃《たいはい》を傾ける仕草をして見せた。

――酒だ

というのだ。春嶽は苦笑して近習《きんじゅう》に酒を持ってこさせた。日頃は容堂だけに酒器を運ばせるが、この日は自分の分も運ばせた。

膳が来ると、春嶽は手酌で酒を飲んだ。容堂は盃《さかずき》を手にしたままからりと笑った。

「春嶽殿がさように黙々と飲むとは珍しいな」

春嶽は盃を運ぶ手を止めた。

「いまの京は酒を飲まずにはいられないようだ」

「なるほど、それはそうだな」

容堂は盃をあおってから、

「実は先日、三条実美卿の邸に怒鳴り込んでやった」

「ほう、それは面白いな」

「知っての通り、わが家と三条家は姻戚として付き合いがある。それをいいことにいささか酒を飲んで三条邸に行ったのだ」

「ほう、酒乱の評判があると我儘《わがまま》に振る舞えるゆえ、悪いことばかりではないな」

からかい気味に言う春嶽に、容堂は、ほうっておけ、というように顔をしかめて見せてから口を開いた。

「わたしは三条卿に、近ごろはやたらに尊攘派の望む綸言《りんげん》が世に伝わるが、あれは真に帝《みかど》のお言葉なのか。お側《そば》に仕える者が勝手に称しているだけではないのか、と質《ただ》したのだ」

　このとき、容堂はことさらに酔態を見せ、大刀を引き寄せると三条の袖をつかまんばかりの勢いで迫った。

　三条はおびえて震えると、小声で、

「真の綸言ではあらしゃいませぬ」

と答えた。

「なんと」

　容堂は大仰に目を剝《む》いて見せた。

「綸言を偽るとは不敬の大罪ではござらぬか。なぜそのままにしておかれる。宮中で尊攘派浪士の手先となっている者は根こそぎ放り出さねばなりませんぞ」

「そんなことをすれば――」

　宮中は空《から》になって、主上《おかみ》がお困りになります、と三条は暗い顔をして言った。

　容堂はじろりと三条を睨《にら》んだ。

「宮中にそこまで尊攘派をはびこらせたのは、貴殿でござろう」

と言いたかったが、さすがに我慢をしたのだ。

容堂はふたたび盃をあおると、

「そんな風でいまの朝廷では正論などとても通らぬ」

と吐き捨てるように言った。

春嶽はため息をつく。

「およそ、そんなことだろうとは思っていた。しかし、それもこれも長州が尊攘派の後ろ盾になっているからだ。毛利は何を考えているのだろう」

「ひとつには嫉妬だな」

「嫉妬？」

「さよう。島津久光は勅使とともに江戸に下向し、春嶽殿を政事総裁職に据えるなど幕政改革の実を上げた。さらに帰途、生麦事件を起こして外国人を斬り、攘夷を行った。島津の人気で京は沸きましたからな」

「長州はそれを嫉《ねた》んだか」

「おそらくそうだろう。そのころから攘夷決行を幕府に迫るべしと火がついたようになった。毛利侯は家臣に何事も、そうせい、と答えるゆえ、そうせい侯などと呼ばれているそうだが、おのが望まぬことに、そうせい、と言っているわけではなかろう」

「毛利は攘夷の戦をして勝てるつもりでいるのか」

「それは考えぬのだろう。ともかく攘夷の魁《さきがけ》となって、そのことを誇りたいのだ。戦をすれば国が亡《ほろ》びるかもしれぬなどということは、自分たちは考えなくともよいと思っているようだ」

容堂はおかしそうに笑った。春嶽は苦い顔をした。

「笑いごとではないぞ」

「いかにもそうだが、時勢はそのように動いている。一橋慶喜殿は京都守護職の会津侯を急《せ》き立てて不逞《ふてい》浪士を取り締まらせようとしている」

「それでは安政の大獄の繰り返しではないか。暴に対して暴でのぞめば、いずれ狂にいたる」

「どういうことだ」

容堂は首をかしげた。

「内乱が起きる」

「それこそ、外国の望むところだろうな」

「その通りだ」

春嶽は首を大きく縦に振った。

「いま、清国では太平天国という賊徒が暴れまわり、国を二分する勢いだという。清国は太平天国の鎮圧のために外国の力を借りようとしているようだが、そうなればもはや亡国だ」

容堂は盃を干して、

――亡国、亡国

と節をつけて唄うようにつぶやいた。再び盃を満たすと春嶽の顔を見て、

「策はござらぬのか」

「あると言えばある。身を捨てて浮かぶことだ」

「よくわからぬな」

「大政奉還の覚悟を定めることだ」

「朝廷に政権を返上すると言われるか」

容堂は驚いて盃の酒をぐびりと飲んだ。

「世の中が落ち着かぬのは、政令が幕府と朝廷双方から出るからだ。政令をひとつにするには、幕府が政権を返上するか、あるいは朝廷が大権を幕府に一任されるかだ。それを措《お》いて時局収拾はできぬ」

「できなければどうなる」

「――内乱」

「すなわち亡国」

「そうだ、内乱を起こさぬためには大政奉還もやむを得ぬ」

春嶽はきっぱりと言った。容堂はくすくすと笑った。

「何がおかしいのだ」

「おかしくはないが、近ごろ一橋慶喜殿は、春嶽は愚物なり、と言っておるそうな。春嶽殿が大政奉還策を持ち出したからだろうな」

「愚物か。そうかもしれぬ。この国難にあたりただ愚直におのが信条を述べるしかないのだから、愚物であろう」

「それに引き比べると、慶喜殿は希代の才物だ。愚物と才物の戦いになるやもしれぬ」

容堂はおかしげに言った。

「わたしには伏龍《ふくりゅう》、鳳雛《ほうすう》ともいうべき横井小楠、橋本左内という才物の家臣がいつもそばにいたが、いまはひとりだけでこの難局に立ち向かわねばならない」

春嶽はまた盃を口に運んだ。

「ご苦労なことですな」

容堂は笑いを収めて、言葉を継いだ。

「わが藩の尊攘派の領袖、武市半平太はいま京におりますが、近く帰国させる所存。帰国させたうえで、参政吉田東洋殺しの罪を問い、腹を切らせる。さすれば京を騒がす尊攘派のうち、土佐が姿を消しましょう。薩摩も久光殿が抑えて公武合体を進めるはず。後は長州だけでござる」

「長州をいかにするか、ということだな」

「その前に慶喜殿をいかにするかであろう。それがしが見たところ、幕府を亡ぼすのは慶喜殿の才気でござる。春嶽殿には愚を貫いていただきたい」

容堂は座り直して頭を下げた。酔態は消えていた。さほど、酔ってはいなかったようだ。

春嶽はうなずいて、

「できることはやらねばな」

と応じて盃を干した。そして容堂を見てにこりと笑ってつぶやいた。

「おのが定めに酔って候――」

容堂は真摯《しんし》な眼で春嶽を見返してうなずいた。

二十

二月十九日――

春嶽は京都所司代屋敷で慶喜とともに松平容保、山内容堂、伊達宗城と会合した。

この席で春嶽は、胸を張り、

「政局の動揺は政令が二途に出ることに起因する。この際、幕府より大政を奉還するか、朝廷から大権委任を受けるか、いずれかに決着せぬ限り、治安は望めず、国難にも対処できない。よって政令を一途にすることを申し合わせたい」

と述べた。

「同意でござる」

容堂があっさり言うと、容保と宗城も、

「それ以外にないと存ずる」

「同じでござる」

と口々に言った。しかし、慶喜は口を閉じている。

容堂が皮肉な目を慶喜に向けた。

「一橋殿、いかがされた。ほかに策がおありか」

容堂に訊《き》かれて、慶喜はゆっくりと口を開いた。

「大政奉還のことは将軍家が決められるべきこと。ここでは決められますまい」

春嶽はちらりと慶喜を見た。

やはり、大政奉還には反対なのだな、と思った。春嶽はあえて慶喜の顔を見ずに言葉を発した。

「一橋殿は将軍後見職でござる。この場でいかにすべきかを決し、将軍家に言上いたすのがお役目でござろう」

「さて、それが——」

慶喜は薄い笑みを浮かべた。

「何でござる」

容堂が無遠慮に訊いた。慶喜はちょっと嫌な顔をしたが、すぐに、

「大政を奉還すべきかどうかは、朝廷からの求めがあって後に決すればよいのではござらぬか。まずは朝廷より大権委任の意をうかがうが先決でござろう」

春嶽は眉をひそめて、

「それでは話が進みますまい。まず、こちらの覚悟を示してこそ朝廷もわが意を汲《く》み取ってくださるのではあるまいか」

「さて、大権を投げ出すのは責めを負いたくないということでござろう。されば、愚かな申し条と朝廷では見られるのではござるまいか」

「愚かと申されるか」

春嶽は慶喜に顔を向けた。

「それがしはさように思いませぬが、春嶽殿の熱誠が通じぬやもしれぬと申し上げております」

慶喜はひややかに言ってのけた。幕府が大政を奉還するなど愚策だ、と言わんばかりの顔だ。

春嶽はゆっくりと説いた。

「一橋殿は敵をつくるおつもりか」

「敵ですと？」

「さよう。たとえば、幕府の意向に従わぬ尊攘派でござる。かつて井伊大老はおのが意に沿わぬ者をすべて敵とみなし、大獄にて極刑に処しました。わが家臣、橋本左内もその中のひとりでござった。左内と牢獄を同じくした長州の吉田松陰も斬首となり、いまやその門人たちが天誅騒ぎを起こしております。わが意を通そうと敵をつくれば、敵は無数に増えていきます。それより、大道につくべきかと存ずる」

「大道とはどのようなことでござる」

「ただいま、わが国は諸外国から開国通商を迫られております。清国での動きを見れば、諸外国が虎狼《ころう》の心を隠し持ち、いつにても牙を剝き、わが国を蹂躙《じゅうりん》しようとするのは明らかでござる。この国難に立ち向かわずして、わが国のひとびとの暮らしはなりたちませぬ。ということは国内にて敵をつくらず、大道について力を合わせねばならぬのは子供にもわかることでござろう」

春嶽が淡々と説くと慶喜は顔をゆがめた。

「ならば、ただいま世を騒がしておる尊攘派の者たちこそが大道につくべきではござらぬか」

「彼らはいま、おのれの正しさに酔っております。酔いを醒《さ》ますには、政《まつりごと》を行っている者が自らを省みて、大道につく有り様を示さねばならぬと存ずる」

春嶽が言い切ると慶喜の顔がさっと赤くなった。

「愚かなことを言われる。徳川が二百数十年、世を泰平にいたした功を捨てよと言われるのか」

春嶽は慶喜を睨んだ。

「泰平の世を築いたのは神君家康公始め、代々の将軍家と徳川の家臣たちでござる。一橋殿の功ではござらぬ。功ある者は謙虚になれ申す。一橋殿はおのが功でないことを言い立てて、おのれを守ろうとしておられる。それは国を守るということとは違うのではござらぬか」

「それゆえ、大政奉還せよ、と言われるか」

慶喜は冷笑した。

「帝の思《おぼ》し召ししだいのこと」

春嶽は落ち着いて言った。慶喜は少し考えてから、

「わかり申した。ならば、それがしが参内《さんだい》いたし、帝に徳川の意のあるところを奏上いたしましょう」

と告げた。

将軍後見職の慶喜が自ら奏上すると言えば、それを止めることはできない。

春嶽は手をつかえて、

「お願いいたす」

と言うしかなかった。

その様を痛ましげに見た容堂は目を閉じた。


この日、春嶽が藩邸に戻り、着替えて茶を喫していると、中根靭負が伺候してきた。

「本日のお話、いかが相成りましたでございましょうか」

靭負に問われて、春嶽は唇を嚙《か》んだ。

「政令を一途にすべし、と朝廷に奏上することになった。帝が望まれるなら大政を奉還する覚悟を示すと申し合わせたが、奏上するのが一橋殿ゆえ、わたしの思うようには通じぬかもしれぬな」

「おそらく、さように相成るかと」

靭負は言いつつ、懐から書状を取り出すと、

「福井におります横井が案じているようでございます」

と言い、書状を差し出した。横井小楠からの手紙だった。

春嶽は受け取った書状をぱらりと開くと文面に目を走らせ、

「挙藩上洛か」

とつぶやいた。

小楠は、春嶽が上洛して、懸命に働いても成果はあがらないだろう、と見越していた。それならば、政事総裁職を辞し、福井に戻ったうえで、兵を率いて上洛し、尊攘派を一掃するしかない、と述べていた。

「小楠にして、力で事を運べと申すか」

春嶽は大きく息をついた。靭負が膝を進めて、

「おそらく横井は殿のお側にて建策できぬゆえに焦っておるのでございましょう。さもなくば挙藩上洛などと言い出しはいたしますまい」

「そうだな、上洛いたしてより、小楠が側におれば、と何度思ったことか」

「されば、政令一途がかなわぬときは、やはり政事総裁職は辞されるべきではないかと存じます」

「そなたも小楠と同じ意見なのか」

春嶽は靭負を見つめた。いままで靭負は小楠の考えに異論を唱えて歯止め役となることが多かったからだ。靭負は首を横に振った。

「いや、挙藩上洛には同意いたしかねます。横井は京におられる殿を案じるあまり、藩兵を率いて駆けつけようと思いつめただけでしょう」

「それでも政事総裁職は辞すべきだというのだな」

春嶽は考え込んだ。

「ここで退《ひ》かねば、尊攘派の妄動の渦に巻き込まれてしまいますぞ。大殿にはいずれ果たさねばならぬ役目がまわって参りましょう」

さて、そううまくいくかな、とつぶやいた春嶽は口を閉ざし、それ以上は何も言わなかった。

靱負は春嶽が考え込むと、そのまま退出した。

三月三日――

春嶽は上洛する将軍家茂が京に入る前に大津《おおつ》に出迎えた。このとき、春嶽は家茂に、京の情勢が混乱を極めていることを言上するとともに、

「天下に道理行われず、正しい筋も通らぬ有様でございます。この上は将軍職を辞さるべきでありましょう。それがしも道理の立たない世に立って重職を汚すわけには参りませぬゆえ辞職する覚悟」

と言上した。おそらく慶喜は大政奉還を朝廷に奏上しないだろうから、家茂が将軍職を辞するしかないと春嶽は考えたのだ。

家茂は一瞬、目を丸くして考え込んだ。そしてようやく口を開くと、

「それができればよいのだが、余の一存では決められぬのだ」

と心細げに言った。

家茂に将軍職への執着はなかった。辞められるのならば、辞めたいというのが本音だろう。しかし、幕閣がそれを許すとは思えなかったのだ。

春嶽は一瞬、目を閉じた。

わが事、去ると思った。もはや、時局を収拾し、諸侯、諸藩の武士、さらには百姓、町人にいたるまでこぞって国難にあたり、国を守る道は閉ざされるのか、と思った。

先月二十三日の夜、京の等持院《とうじいん》にある足利尊氏《あしかがたかうじ》、義詮《よしあきら》、義満《よしみつ》の木像の首が三条河原にさらされるという事件があった。

おそらく尊攘派浪士がしたことだろうが、木像の首を切って、あたかも何事かなしたかのように快哉《かいさい》を叫ぶ志の低さ、心根の卑しさはどうであろうか。だが、いまの京を支配しているのは、そのような愚劣さなのだ。

（すべては尊攘派の思い通りになるのか）

小楠が挙藩上洛を言い出したのもわからないではなかった。

この時期、長州藩世子、毛利定広は関白鷹司輔煕に、

「将軍家上洛の後、攘夷の期限が決定すれば帝は賀茂《かも》両社に攘夷の祈願をされたい」

と建白していた。入京した家茂に賀茂社行幸の供奉《ぐぶ》を命じて朝廷の威を見せつけようというのだ。

このことを聞いた春嶽は、

――猿芝居ではないか

と胸中で吐き捨てた。家茂の上洛については幕閣で反対の声が多かった。それを抑えたのは春嶽である。

将軍自ら、帝に拝謁し、国難を訴えることで公武合体の実を上げようと考えたのだ。

しかし、その誠意は通じず、尊攘派の策動に家茂をさらすことになってしまった。

春嶽は慚愧《ざんき》に堪えず、将軍辞職を家茂に勧めたのだ。

だが、それも空しかった。

家茂は三月四日早暁に入京した。

翌日、春嶽は、家茂に意見書を提出した。

――上は宸襟《しんきん》を安ぜられ、下は万民を愛護せられ候見込あらば格別、さも御座なく候はば、恐れながら将軍の御職掌相立ち兼候儀に御座候えば、その段主上へ仰せ上げられ、速やかに御辞職遊ばされ候の外《ほか》御座あるまじくと存じ奉り候間、厚く御思慮あらせられ候様希望奉り候すなわち、宸襟を悩ませず、天下を安寧に導けないのであれば、将軍としての務めは果たせないのだから、帝に申し上げて将軍を辞職すべきだ、というのである。

春嶽は、この事態を切り抜けるには、もはや将軍辞職、大政奉還しかないとあらためて訴えたのである。

同、三月五日――

慶喜は家茂に代わって参内した。

小御所において、関白鷹司輔熙、前《さきの》関白近衛忠熙、中川宮が侍坐《じざ》する中、平伏する慶喜に玉座から、

「将軍職の儀、これまでの通り申し付ける。政事はすべて委任いたすを以て、攘夷の挙は忠誠を励むべし」

とのお言葉があった。

慶喜はただちに二条城に戻り、家茂に復命した。帝から政事すべて一任のお言葉があったことで慶喜は鼻高々だった。春嶽に向かって、

「案ずるより、産むがやすし、とはこのことでござろう」

と言ってのけた。だが、これですべてがうまくいったとは思えぬ春嶽は厳しい表情で口を閉ざした。

案の定、家茂が七日に初めての参内をした際、朝廷から下された書面には、攘夷を

督促する文面に加えて、

――国事の儀に付いては、事柄により直ちに諸藩へ御沙汰あらせられ候間、かねて御沙汰成し置かれ候事

とあった。政においては、事柄によっては、朝廷から命じることはかねて告げていた通りである、というのだ。

政令一途を求めてこれまで働きかけてきた春嶽たちを嘲笑《あざわら》うかのような一文だった。

春嶽は九日に再び政事総裁職の辞表を出した。

十一日には帝の賀茂両社への行幸があり、関白、公家百官とともに家茂も供奉したが、春嶽は屋敷に籠もって出なかった。

十四日には島津久光が入京し、近衛忠熙邸に入ると、無謀な攘夷は行うべきではない、尊攘派浪士の暴説を朝廷は採用すべきではない、などと主張した。だが、京の情勢がもはやこれを受け入れないと知ると、滞京三日で早々と帰国した。

小楠の建言により、薩摩の動きに注目していた春嶽は久光が思いがけず、あっさり帰国したと聞いて、

「島津も存外だな」

とつぶやくと自らも帰国することを決めた。春嶽の辞職にあたっては、慶喜が何を思ったのか、藩邸を訪れて引き止めようとした。しかし、春嶽は耳を貸さなかった。

さらに容堂が訪れて、

「将軍家が京におられる間は職にとどまられてはいかがか。その間、政には関わらず、木偶《でく》になっておればよい」

と飄逸《ひょういつ》な口調で説得しようとした。だが、春嶽は、

「木偶はご免だな」

と笑っただけだった。

春嶽は三月二十一日早朝、京を発《た》って福井へ向かった。

こうして春嶽は福井へ戻ったのである。

二十一

春嶽の帰国後、薩摩藩と会津藩が手を結んで、朝廷から尊攘派を一掃する〈八月十八日政変〉が起きた。

春嶽が国許《くにもと》での挙藩上洛の動きを抑えたのは、この間のことである。このため、居場所を失った横井小楠は熊本に戻り、逼塞《ひっそく》することとなる。

小楠を失ったことは痛手だったが、春嶽には新たな希望が出てきていた。尊攘派が京を追われたことにより、春嶽の上洛を望む声が相次いだのだ。

その急先鋒が勝海舟だった。海舟は春嶽に文を寄せて、

――閣老始め有志の者は、一日千秋の思いを仕《つかまつ》り居り候儀にて

と春嶽の上洛を待ち望んでいた。

春嶽は、上洛すべきか、と考えるようになっていた。

この間、文久三年五月十日、長州藩は攘夷戦に先駆けるとしてアメリカ商船への砲撃を行い、二十三日にはフランス軍艦、二十六日にはオランダ軍艦も砲撃した。

これを受け、オランダ軍艦はその場で応戦し、横浜に寄港していたアメリカ軍艦ワイオミングが急遽《きゆうきよ》下関《しものせき》へ赴き、六月一日、長州側と砲火を交えた。ワイオミングは長州藩船二隻を撃沈した。さらにフランスの軍艦二隻が遠征して六月五日、二百五十名の一隊を上陸させ、長州藩砲台一基を破壊した。

七月、薩摩にも生麦事件の報復でイギリス艦隊が来襲し、鹿児島城下を焼いていた。いずれの戦闘でも、西洋軍艦の火力を見せつけられ攘夷戦が容易ではないことが明らかになっていた。

（これからは、攘夷熱で燃え上がった頭を冷やした話ができるだろう）
春嶽が抱いた希望とはこのことだった。

このころ神戸海軍操練所に海舟が赴くと、坂本龍馬が、

「勝先生、春嶽侯の上洛はいつごろになりそうですかのう」

と訊いた。海舟はじろりと龍馬を見て、

「そんなことを聞いてどうするのだ。尊攘派はいまでも春嶽侯を目の敵にしている。迂《う》闊《かつ》なことは教えられねえよ」

とにべもなく言った。

土佐では〈八月十八日政変〉後の九月二十一日、土佐勤王党の領袖であり、龍馬にとっては永年の盟友の武市半平太が揚屋《あがりや》入りを命じられていた。

これと同時に龍馬たちにも帰国が命じられたが、龍馬はこれを拒んだ。このためいったん、海舟の仲介で脱藩の罪を容堂から許されていたものの、ふたたび脱藩したことになっていた。

龍馬はにやりと笑った。

「まあ、そう言わんと教えておおせ。これからのこともあるきに」

大きく構えて言う龍馬に海舟はあきれた顔をして見せたが、

「まあ、十月には上洛されるのではあるまいかな」

と親切に答えてやった。

「それからどうなりますろうか」

龍馬はさらに訊いた。海舟は嫌な顔をしたが、それでも話を続けた。海舟自身が考え続けていることでもあったからだ。

「おそらく、一橋慶喜侯、伊達宗城侯、さらに島津久光侯も上洛され、これらの方々で今後のことを決めていくことになるんじゃねえか」

「ほう、島津侯が入りますか」

龍馬は首をかしげた。

「何と言っても尊攘派を一掃した立役者だ。幕府もおろそかにはできねえだろうよ。言うなら、この賢侯会議が幕府にとってかわることになるだろうぜ」

海舟はあっさり言ってのけた。

「それは一橋侯が認めんでしょう」

「だが、島津侯はそのつもりだろう。そうなると、春嶽侯がどう出るかですべては決まることになるんじゃねえのか」

海舟は自分に言い聞かせるように言った。

龍馬は、ふーん、と馬鹿にしたような声を出した。

「何だ、龍馬、違うっていうのか」

「勝先生は案外呑気《のんき》ですな」

「どういうことだ」

海舟は顔をしかめた。

「春嶽侯はともかく、一橋侯も島津侯も名だたる猛獣ですよ。それがひとつの檻《おり》に入るんだ。ただではすまんぜよ」

「どうなるって言うんだ」

「決まっちょる。獣同士の食い合いになるきに」

うむ、と海舟は言葉に詰まった。

龍馬は平気な顔で、

「勝先生、このことを春嶽侯に伝えたほうがよくはありませんかのう。うかうか、京に出てきてもよいことはないですろう」

「そんなことはおれの口からはとても言えねえな。それにたとえ言ったとしても春嶽侯は出てくるだろうぜ」

「無駄骨になると決まっちょるのにですろうか」

「ああ、それが役目だと思っていなさるだろうからな」

海舟は苦笑した。

龍馬は首をかしげて、

「春嶽侯も苦労されますのう」

とつぶやいた。


春嶽は十月十八日、上洛し、東本願寺学林を宿館とした。十月三日に上洛していた島津久光がさっそく訪ねてきた。

久光は、公武合体を進め、雄藩連合により幕政を改革する、さらに開国を方針とすることなどを春嶽に述べた。

「いかがでござろう」

うかがうように見つめる久光に向かって春嶽は、

「いずれも同意でござる」

と力強く答えた。

「さようでござるか」

久光は他愛無く喜んで笑顔になった。

(存外、ひとが好い男のようだ)

久光は薩摩育ちで他国の者と関わりが薄く、人付き合いが下手だが、根のところでは好人物であるようだ。久光はあらためて気になったのか、

「開国のこともよろしいのでござるな」

と念を押した。これまで幕府は朝廷に押されて攘夷を約束してきており、幕府の政事総裁職だった春嶽がいまさら開国に転じるのは難しいのではないかと思ったのだ。

「ご懸念なく」

春嶽はきっぱりと答えた。

福井を出発する前に春嶽は藩論を統一していた。京から尊攘派が一掃された機会にあらためて開国を方針とすることを徹底し、

――わが国のみ国を鎖《とざ》して世界に孤立するは、皇国の恥辱にして、天理に背き信を宇内《うだい》に失う

とまで言明した。さらに開国の方針を貫くために、

――恐れながら天朝、幕府の御失策を諫《いさ》め奉り、藩論もし容《い》れられざるに於《おい》ては斃《たお》れてのち止《や》む決意なり

と覚悟を定めていた。

春嶽の決意のほどに感じ入った久光は、

「よろしゅうござった」

と安堵《あんど》の表情を浮かべた。大名との付き合いを苦手とする久光にとって春嶽だけが頼りだったからだ。

十二月三十日、朝廷では、

一橋慶喜

松平春嶽

松平容保

山内容堂

伊達宗城

の五人を参与とする沙汰を下した。この時は久光は入っていなかったが、翌文久四年正月十三日、従四位下左近衛権《さこんえごんの》少将に叙任の上、参与に任じられた。これまで無位無官だった久光にとって晴れがましいことだった。

だが、この間、参与の間での軋轢《あつれき》が深まっていた。特に慶喜と久光の間には抜き差しならぬものがあった。

ある時、二条城の一室で慶喜は、春嶽、久光、宗城と話していたが、何を思い立っ

たのか、

「いまから中川宮のもとへ参ろう」

と言い出した。中川宮は公家にしては剛毅な気性で知られていたが、島津家との縁が深く、いわば薩摩派の皇族と見られていた。

慶喜は中川宮の動きで気に入らないことがあったらしく、春嶽たちとともに中川宮邸を訪れると、さっそく酒を所望した。そののち、酔態を装って久光を誹《そし》り始めた。奸謀《かんぼう》のひとである、というのだ。

「そうではござらぬか。薩摩はこれまで尊王攘夷の藩として知られておった。それが会津と手を組み、長州を追い落とし、自らは朝廷の参与となられた。言うならば幕府をしのぎ、徳川の上を行こうとしておられるのだ。まことに奸謀のひとである」

飲み慣れぬ大酒をあおったためか、慶喜は蒼白《そうはく》となりながらも舌鋒《ぜっぽう》は鋭かった。

「しかも、いま薩摩は開国に転じ、ここにおられる方々も説いて朝廷の方針を変じさせようと企んでいるそうな。これこそ奸謀の極みでござろう」

慶喜がひややかに言うと、春嶽は自分の膳に盃を置いて口を開いた。

「それは違いますな」

慶喜は鋭い目で春嶽を見つめた。

「ほう、違うと言われるか」

「さよう、伊達殿もそれがしもかねて開国はやむなしと思って参った。ただ、帝のご意向に従おうと攘夷を口にしたまでのことでござる」

「ほう、心にもないことを言っておられたのか」

「そのことならば、一橋殿もかつて開国を唱えられたであろう。しっかりそれがしの耳で聞きましたぞ」

春嶽は膝を乗り出して決めつけた。慶喜は盃をあおって、

「覚えておりませぬな」

と言い放った。

「なんと」

以前は貴公子然としていた慶喜の豹変ぶりに春嶽は愕然《がくぜん》とした。あるいはこれが慶喜の地なのかもしれない。

慶喜の父、水戸斉昭のひとをひととも思わない傲岸《ごうがん》不遜さを春嶽は思い出した。

(これが水戸の血筋というものか)

春嶽は眉をひそめた。すると、慶喜は中川宮に顔を向けると、

「この者たちは、自らの意見を変じることを何とも思わぬ奸悪の徒、いやそのことすらよくわからずにおる大愚物でござる」

と声を高くして謗った。久光は青ざめ、握りしめた拳が震えていた。宗城もまた鼻

白み、そっぽを向いた。

（これで、参与会議は壊れたか）

春嶽は無念の思いを噛みしめた。やがて、あおむけに倒れ、鼾《いびき》をかいて寝てしまった慶喜を見つめながら春嶽は憤りを感じた。

（この男のために徳川はつぶれる）

春嶽はゆっくりと立ち上がると、久光と宗城をうながし、酔いつぶれた慶喜を残して中川宮邸を後にした。


参与会議は文久四年（元治元年）一月から三月にかけて開かれたが、対立が解消されることはなく、はかばかしい成果は上がらなかった。

元治元年（一八六四）三月十三日、春嶽は願いにより参与を解任された。さらに容保と久光、宗城も解任され、参与会議は事実上、崩壊した。

この年、六月、京の池田屋に集まっていた尊攘派浪士を会津藩預かりの新撰組《しんせんぐみ》が襲う、

——池田屋事件
が起きた。これに激昂した長州藩は六月に軍勢を上洛させる。

二十二

長州藩は没落した。

元治元年（一八六四）七月十九日、長州の兵は御所に迫り、これを会津、薩摩、桑《く》名《な》、大垣《おおがき》などの藩兵が激闘の末、退けた。流れ弾はしばしば御所の内側にも及んだ。

蛤御門《はまぐりごもん》の変、あるいは、

――禁門の変

とも呼ばれる戦闘によって京の市中は二昼夜にわたって延焼した。二万八千軒の家屋が焼け、東本願寺、仏光寺《ぶっこうじ》など寺社の焼失は二百五十三ヵ所に及んだ。

長州藩は藩主毛利敬親（慶親）・広封《ひろあつ》（定広）父子及び三条実美ら七卿《しちきょう》の免罪と、入京を求め、武力に訴えたが、敗れたことによって、

――朝敵

となった。攘夷《じょうい》を旗印に京を思うさま掻《か》き回してきた長州藩だったが、八月にはイギリス、フランス、アメリカ、オランダの連合艦隊十七隻に下関を砲撃され、屈伏して下関海峡を開放した。

長州藩は四カ国連合艦隊に敗北し、さらに朝敵となったことで、これまでの政治活

動がすべて破綻した。戦国時代に戻ったかのごとく防長（周防《すおう》・長門《ながと》）二国に割拠して生き残りを図るしかなかった。

禁門の変後の七月二十三日、朝廷は長州征討令を発した。これに応じて幕府は紀州藩主、徳川茂承《もちつぐ》を征長総督にいったん任じたが、その後、元尾張藩主、徳川慶勝に替えた。

慶勝は、島津久光の逆鱗《げきりん》にふれて島流しとなっていたが許されて京都政界に復帰していた薩摩の西郷吉之助を、参謀に起用した。

西郷は内戦が長引けば外国勢力の介入を招くことを危惧《きぐ》して長州征討の早期解決を図った。長州藩主父子に伏罪書を提出させ、禁門の変の責任は国司《くにし》信濃《しなの》ら三家老に負わせて自刃させた。さらに三条実美らを長州から筑前《ちくぜん》、大宰府《だざいふ》に移すことで事態を収束させたのである。

このころ京は、将軍後見職の一橋慶喜を中心に会津、桑名藩が支える、いわゆる、

――一会桑《いっかいそう》政権

が押さえていた。政局の混迷により、幕府では一時、春嶽と慶喜の二頭政治が行われていたが、雄藩連合を目指した参与会議が慶喜と薩摩の対立によって崩壊した後は、慶喜独裁の色が濃くなりつつあったのだ。

この間、春嶽は福井にあって政局から遠ざかっていたが、慶応元年（一八六五）四

月、幕府が毛利敬親・広封父子の江戸召喚を命じたことを側近から聞くと、片方の眉を上げ、

「これはよろしくない」

とつぶやいた。

過激な攘夷論を唱え、言わば自滅した長州藩だが、藩主を罪人のように江戸に送ることは武門の意地が許さず、徹底抗戦することになるのではないか、と春嶽は思った。

実際、長州では、高杉晋作《たかすぎしんさく》が決起して幕府への徹底恭順を示す俗論派の藩政府を倒し、尊攘派が再び権力を握っていた。長州藩は幕府への恭順姿勢は崩さないものの、攻められれば徹底抗戦する構えだった。

春嶽は、厳しい表情になった。

（長州を天下の見せしめにして、幕府の虚勢をはるがごときは邪道である。かようなことをしていては、幕府が亡《ほろ》びるだけでなく国が亡びかねない）

事態を憂慮した春嶽は、藩主茂昭と協議して四月三十日、長州再征に反対する建議書を幕府に提出し、

「このたびの儀は徳川家の興廃に関わる」

と警鐘を鳴らした。

だが、幕府ではこれまで長州の攘夷論に苦しめられた恨みをはらすかのように主戦

論が高まり、将軍家茂がまもなく江戸を進発、長州再征を行うということになった。

五月——

坂本龍馬が熊本を訪れ、沼山津《ぬやまづ》に蟄居《ちっきょ》中の横井小楠を訪ねた。

龍馬は、このころ、薩摩の援助を受けて長崎で貿易商社、亀山社中《かめやましゃちゅう》を運営していた。だが、尊攘派の中心であった長州藩が存亡の危機にあるのを見て薩摩藩と手を握らせる薩長同盟の策を思いつき、仲立ちをしようと動き出していた。

小楠を訪れたのは、薩長同盟の推進に知恵を借りたいと思ったからだ。しかし、小楠は、目を光らせて龍馬の話を聞いていたが、やがて苦い顔で、

「坂本君、それはいかん——」

と言った。龍馬はあごをつまんでとぼけた顔をしながら、

「横井先生、どこがいかんですろうか。幕府はいまや専横を極めちょります。その幕府に対抗できるのは薩摩と長州しかおらんきに。このふたつの藩が手を結ばんことにはどうにもならんぜよ」

「それは考えが浅すぎる。薩摩は島津斉彬侯以来、本音では開国だ。これに対し、長州は攘夷を唱えてきた。本来、水と油だ。しかも、長州の攘夷には、幕府をしのがんとするための権謀の臭いがする。いわば、おのが利を図り、〈私〉のために動いてい

るだけだ。〈公〉のためにはならん、叩《たた》き潰《つぶ》すべきだ」

　小楠は厳しい口調で言った。龍馬は大声で笑った。

「ちゃ、ちゃっ、横井先生は杓子《しゃくし》定規じゃきに。長州の攘夷は行き過ぎたところがあったきに、朝敵にまでなったのはたしかじゃ。しかし、四ヵ国連合艦隊に下関を砲撃されて目が醒《さ》めちゅうぜよ。もう、無茶な攘夷は言わんきに。それより、いまの幕府は一橋慶喜侯が仕切りよるぜよ。一橋侯が行おうとしよるのは、徳川家のためだけの〈私〉の政事ですろう。春嶽侯は雄藩連合での〈公〉の政事を目指しちょるじゃないがか。徳川と長州、どちらかの〈私〉を切り捨てなけりゃいかんぜよ」

「それで、徳川を切り、長州を生かすというのか」

　小楠は腕を組んで考え込んだ。

「そうですろう。横井先生も春嶽侯を押し立てて幕府を切り捨て、雄藩連合で朝廷を擁しての政《まつりごと》を行おうと考えられたですろう。それと、同じことちゃ。このまま幕府が長州を亡ぼせば、勢いがついて春嶽侯でも抑えられんごとなるきに。その前に長州を拾うてこちらの手駒にするとじゃ」

　龍馬は平然と言ってのけた。

「しかし、長州は毒だぞ。あの藩はそれこそ、帝《みかど》を手駒にして世の中を動かすことに味をしめた。これからも何度もやるに違いないぞ」

小楠は眉をひそめて言った。龍馬は膝《ひざ》を乗り出し、つばを飛ばしながら一層、懸命に説いた。

「そのための毒消しが横井先生じゃないがか。薩摩は斉彬侯以来、雄藩連合を作ろうとしてきちょる。王政復古のうえで雄藩連合が政を行うことになれば、春嶽侯の出番じゃ。そんとき、横井先生が長州を抑えればすむことじゃ」

「それほどまでして幕府を切り捨てねばならんか」

小楠はため息をついた。龍馬は深々とうなずいた。

「幕府にはもうこの国を動かす力はないきに。さっさと舞台から降りてもらわんといかんとじゃ。わしは西郷や大久保と大芝居をやりますきに、先生は二階に坐《すわ》って芸者に酌でもさしながら見物していてつかあされ」

龍馬はからりと笑った。

九月二十一日には幕府の奏請により、長州再征の勅許が出された。これに対し、反対をあからさまに唱えたのは薩摩藩だった。

九月二十七日には、薩摩の大久保一蔵(利通《としみち》)が福井城を訪れ、春嶽に会って上洛《じょうらく》を要請した。春嶽はかつて島津斉彬の股肱《ここう》であった西郷吉之助と会ったことがあるが、大久保と親しく面談するのは初めてだった。

大久保はいかにも能吏らしく、冷徹な表情で、長州再征が不可であること、さらに兵庫開港など外交問題が山積みであることを述べて、春嶽の上洛を求めた。

春嶽は大久保のととのった色白の顔を見つつ、

「島津殿はどうされる」

と訊《き》いた。久光は慶喜と対立して以降、国許《くにもと》に戻っており、あるいは京に出ることを肯《がえ》んじないかもしれない、と思った。

「国父様ご上洛の件につきましては、わが藩の西郷吉之助が国許に戻っております。さらに宇和島の伊達宗城侯の上洛につきましても、わが藩の吉井《よしい》幸輔《こうすけ》がお願いに参っております」

「そうか」

春嶽はうなずきつつも目の醒めるような思いがした。

大久保は、幕府の長州再征を阻止するため、春嶽、久光、宗城らかつての参与会議の大名を上洛させようというのだ。

以前は、春嶽たち大名が動いて、雄藩連合の政をなそうとしたが、いまでは大久保ら藩士たちが大名を動かして天下の政を行おうとしているようだ。大久保はさらに、

「これよりは一橋様のご意向によらず、政を決せねばなりません」

とひややかに言い添えた。その言葉を聞いて、

（薩摩は幕府を見限ったな）

と春嶽は察した。もともと、幕府と雄藩が力を合わせて国難にあたろうというのが、亡き島津斉彬の構想だった。

久光は曲がりなりにも斉彬の構想を引き継ぎ、幕政改革を行い、公武合体を目指してきた。その結果、参与会議までたどりついたのだが、薩摩の力が大きくなることを嫌った慶喜によって阻まれた。

（安政の大獄のときと同じだ。幕府と雄藩が力を合わせようとすると、幕府の内部からこれを邪魔する者が現れる）

かつて井伊直弼がそうだったし、いまは慶喜が雄藩連合の前に立ちはだかっている。そんな幕府を切り捨てて、天皇を擁して雄藩連合で政を行おうとする考えが生まれてくるのは不思議ではなかった。

だから、大政奉還を行っておればよかったのだ、と春嶽はため息をつく思いだった。政権を返上し、徳川家も雄藩のひとつとして雄藩連合に加われば、生き延びることができるはずだ。春嶽がそんなことを考えていると、大久保は手をつかえ、低い声で、

「なにとぞ、ご上洛、お願い申し上げます」

と言った。

「わかった。参ろう」

春嶽は答えながらも、これからは大久保や西郷たちに操られるように動かされていくのではないか、という危惧がふと胸をよぎった。

春嶽は十月にいったん上洛の途につくが、途中で京の政情を知って福井へ引き返した。幕府が騎虎《きこ》の勢いで征長戦を行おうとしている中、これに反対する薩摩藩と手を結んでいると、幕閣から猜疑《さいぎ》されるのを避けたのである。

春嶽が腰をあげたのは、翌慶応二年になってのことだった。

慶応二年六月二十五日——

春嶽は福井を出発、上洛した。

岡崎《おかざき》の藩邸に入った春嶽は情報を収集した。

幕府の征長軍は周防で長州藩と戦端を開いた。長州藩では幕府軍を四つの国境、大《おお》島《しま》口、芸州《げいしゅう》口、石州《せきしゅう》口、小倉《こくら》口で迎え撃ち、

——四境《しきょう》戦争

と呼んだ。幕府軍は十万を超える軍勢で長州領に攻め込んだ。これに対し長州藩では海軍総督、高杉晋作と参謀、大村益次《おおむらますじ》郎《ろう》を中心に奇《き》兵隊《へいたい》などの諸隊が防衛に当たり、幕府軍を各戦線で撃破した。

征長軍が思わぬ敗戦で狼狽《ろうばい》する中、七月二十日、将軍家茂が病没した。二十一歳だ

った。この家茂の死をきっかけに、長州再征は休戦となる。

家茂逝去の報《しら》せに春嶽は肩を落とした。

幕府の存続は、聡明で温順な家茂の双肩にかかっていると思っていたからだ。家茂の早世は、幕府のこれからを暗示するように春嶽には感じられた。

家茂自身は、御三卿である田安家の亀之助《かめのすけ》を立てよ、と言い遺《のこ》していた。だが、亀之助はわずかに四歳の幼児でいまの難局には立ち向かえない。

当然、才気《さいき》煥発《かんぱつ》の慶喜を将軍にということで幕閣はまとまった。しかし、慶喜は徳川宗家を継ぐとしたものの、将軍職については応じようとしなかった。

老中たちは困り果てて、春嶽に説得を依頼した。春嶽は深くは聞かずに説得することを承諾して慶喜のもとに向かった。

（自分を高く見せようとするいつもの癖だろう）

そう思っていたが、書院で会ってみると、違った。慶喜は笑みを浮かべて、

「わたしは将軍ではなく、大統領になりとうござる。さもなくば、この国の混迷を救うことはできますまい」

と言った。春嶽は一瞬、あっけにとられた。

だが、すぐに近ごろ、勝海舟から聞いた話を思い出した。勝はあるとき、江戸城で勘定奉行であり、旗本の中でも俊傑と見られている小栗忠順《おぐりただまさ》から、

「フランスの財政、軍事援助によって幕府を強化し、幕府に抗《あらが》う大名を屈伏させる。まず、長州を討ち、さらに薩摩も退治し、その勢いに乗じて諸藩を討ち平らげ、わが国を郡県制度にして徳川家が治める」

という構想を打ち明けられた。この国家構想はフランス公使ロッシュの入れ知恵によるものらしい。だが、フランスが援助するとあれば、幕府が財力、武力ともに強大になるのは明らかだった。

慶喜は小栗の構想にのってわが国を郡県制度の統一国家としたうえで、新国家に君臨する大統領となることを目論《もくろ》んでいるのだろう。

しかし、ロッシュの動きはイギリス公使のパークスに察知されていると勝は話していた。パークスはフランスの策動に対して、

「ミカド（天皇）を中心とする諸藩連合政権こそがこれからの日本にふさわしい」

と、薩英戦争後、交流が始まった薩摩に吹き込んでいるという。

大統領になりたいという慶喜の言葉は冗談だろうが、本音も潜んでいるのかもしれない。

（そういうことだったのか）

春嶽は横井小楠からの手紙で、薩摩と長州に手を結ぶ動きがあり龍馬が仲介しているようだ、と報されていた。

薩摩が幕府を見限ろうとしているのは、このような動きがあってのことだったのか、と春嶽は納得した。だとすると、幕府による郡県制度と天皇中心の諸藩連合というふたつの国家構想をめぐっての譲れない対立が起きているのだ。

春嶽自身の、幕府が大政奉還したうえで一大名としての徳川家も加わった雄藩連合が政治を行うという構想は、天皇を中心とした諸藩連合という考え方に近い。

だが、徳川家を温存しようとするだけに、薩摩と長州が手を結べば実現が難しくなるだろう。春嶽はあらためて慶喜の秀麗な顔を見つめた。幕府による郡県制度という考えはどれほど根のあるものなのだろうか、と危ぶんでいた。

慶喜は何事も新奇なものを好む。

ロッシュや小栗忠順の提案に興味を持ったものの、幕府の存亡と自らの生死を賭《か》けて取り組もうとするほどの覚悟は感じ取れない。

「一橋殿が将軍職を継ぐことに気が進まぬのであれば、一門からは先例の無いことながら、それがしがお引き受けいたしてもようござるが」

春嶽がさりげなく言うと、慶喜は急に大口を開けて、

「春嶽殿は途方もないことを申される」

と笑った。春嶽はうなずいて、

「さよう、戯言でござる」

春嶽は微笑むと懐から書きつけを出して慶喜に差し出した。

「これは――」

慶喜は受け取りながら首をかしげた。

「わが藩としてまとめた時局収拾策でござる。一考いただけるとありがたく存ずる」

「ほう――」

慶喜は読み始めたが、しだいに表情が厳しくなった。

春嶽が示した書きつけには次のようなことが書かれていた。

一、将軍の喪を速やかに発すること。

一、慶喜は徳川宗家を継ぐこと。

一、宗家のみを継ぐため、将軍は空位となる。幕府も当面無い形になるので慶喜が江戸に戻るかどうかは天皇の意向に従う。

一、徳川家は従来の制度をあらため、諸侯への命令を行わず、尾張や紀州などと同様になる。

一、京都所司代、京都守護職、京都町奉行などの存廃はすべて天皇の意向に従う。

一、兵庫の開港、外国との交際、諸侯統轄、金銀貨幣の鋳造を始め天下の大政は、いっさい朝廷に返上する。

書きつけを持つ指が震えた。

春嶽の提案は大政奉還論にほかならなかった。かつて大久保一翁《いちおう》が唱えた策に春嶽は以前から興味を示していたが、改めて本格的に提案したのだ。

「これでは幕府が無くなってしまう」

慶喜はうめいた。

「国のためを思えば、徳川の立場にこだわるべきではありますまい。先の将軍が亡くなられ、慶喜殿も将軍職に就かれる気がないようでござる。ならば、千載一遇の好機ではありますまいか」

春嶽は慶喜の目を見つめて説いた。

しかし、慶喜は見る見る不快げな表情になった。

春嶽を蔑むように見据えると、

「これは愚論と申すべきでござる」

と吐き捨てるように言って立ち上がった。

慶喜が去ると春嶽はひとり端座したまま考えた。

慶喜が将軍の座をひとに奪われるかもしれない、と思えばすぐに、自らが坐るに違いないと思った。

同時に慶喜の言う、大統領になりたい、という考えもただの思いつきに過ぎないことが見てとれた。慶喜はまもなく将軍となるだろう。

（これで、幕府の命運は尽きた）

春嶽は虚《むな》しく感じながら立ち上がって書院を出た。

この年、十二月五日、朝廷による将軍宣下が行われ、慶喜は十五代将軍となった。ところが、将軍宣下から二十日後、孝明天皇が崩御した。三十六歳だった。長州藩を遠ざけ、幕府に理解を示していた孝明天皇が亡くなったことで時勢は急転していく。

二十三

慶応三年正月九日、十六歳の明治天皇が践祚《せんそ》した。

同年五月二十三日、慶喜は兵庫開港と長州藩への寛大な処分を朝廷に奏請した。これを朝廷が認め、長州再征は頓挫したのである。

春嶽は内戦が長引かなかったことを喜んだが、一方で過激な尊攘活動を行ってきた長州藩が危地を脱したことに懸念も抱いた。

（長州は追い詰められ、幕府にも朝廷にも怨念の塊となっとろう。そのことがこれからの障りとならねばよいが）

春嶽はため息をつく思いだった。

春嶽はこの年、四十歳。

当時としては初老の時を迎えていた。

朝廷では、和宮降嫁推進が尊攘派の糾弾するところとなって洛北岩倉村《らくほくいわくらむら》に幽居していた公家の岩倉具視《いわくらともみ》が入京を許され、復帰していた。

岩倉は薩摩の大久保一蔵と組んで王政復古の謀《はかりごと》をめぐらし始めていた。そして、この動きの中で春嶽と島津久光、山内容堂、伊達宗城たち四侯が、上洛を求められた。文久三年の参与会議と同じ面々だった。

薩摩の重役、小松帯刀が福井を訪れて、春嶽の入京を要請した。また、西郷は久光を説得した後、海路、土佐を訪れて容堂に面会した。このとき、西郷は常に気が変わりやすい容堂に対して、

「これまでのご上京とは違い、今度は事のしぐさし（中途半端）でお引き取りとは相なるまじく」

と途中で帰ることがないように釘を刺した。これに対し、容堂は苦笑して、

「このたびは東山《ひがしやま》の土となるつもりぞ」
と覚悟のほどを示した。西郷はさらに宇和島を訪問して伊達宗城の説得にも成功した。

　こうして、五月には四侯が上洛、薩摩藩の主導ながら、幕府と対峙《たいじ》し、雄藩連合での政権樹立を目論む段取りとなった。

　四侯会議の目的は、長州処分、兵庫開港問題などで将軍慶喜と協議し、国策を定めることにあった。

　だが、慶喜と久光はあからさまに対立し、宗城は慎重な態度に徹し、容堂は幕府への同情を示したため、春嶽は調整役にまわらざるを得ず、結局、会議としては得るところがなかった。

　容堂は会議の流れが、薩摩による慶喜の指弾にあることを察すると、春嶽に、

「幕府の失策を望む奸人《かんじん》がいる」

　と言い残し、持病再発と称して機敏に土佐へ帰っていった。

　四侯会議は事実上、崩壊したのである。

　この後、慶喜は兵庫開港問題で朝廷を説き伏せ、一時的な時局の安定を得た。それだけに薩摩藩では武力倒幕の意志を固め、すでに龍馬の仲立ちで同盟を結んでいた長州藩と密議を凝らし始めるのである。

四侯会議からいわば逃げ出した形で国許に戻り、面目を失した思いだった容堂に家老の後《ご》藤象二郎《とうしょうじろう》が建策したのは七月のことだった。

眉が太く四角張った顔で、音吐朗々と後藤が述べたのは、

――大政奉還策
だった。かつて大久保一翁が幕閣内で唱え、春嶽が慶喜に実行を迫った策である。容堂は春嶽から聞いているだけに大政奉還策については熟知していた。それゆえ、後藤がどうやってこの策を知ったのか、と不審に思った。

実は後藤はこのころ、脱藩藩士だった龍馬と接触、海援隊《かいえんたい》として正式に土佐藩に迎えていた。大政奉還策は龍馬が福井藩と交流する間に聞き込んでいたもので、土佐藩に戻り手土産として後藤に示したものだった。

慶応二年八月、長崎にいた龍馬は越前藩士、下山尚《しもやまひさし》に、

「幕府はもうだめじゃきに、親藩の春嶽侯が大政奉還策を進めてはどうじゃろうか」

と漏らしたことがある。

大政奉還策が春嶽の持論であることは勝海舟から聞いていたのだ。下山は長崎から熊本にまわり、横井小楠に面会すると龍馬の意見を告げた。

このとき、小楠は手を叩いて喜んだ。龍馬にしてみれば、春嶽から学んだ時勢収拾

策だった。だが、後藤は自らの案として容堂の前で長広舌を振るった。

――そなたの策ではあるまい

と容堂は何度か言いそうになったが口をつぐんだ。西郷から念を押されながら、四侯会議からいち早く抜けた容堂にとって、大政奉還策は京都政界へ戻るための絶妙の案だと思えた。

まず、薩摩藩によってしだいに追い詰められている幕府に、救いの手を差し伸べることになる。さらには、これによって慶喜が政治の場から退き、かわって、もともと大政奉還策を主張していた春嶽が表舞台に出てこられるのではないか。

そうなれば、薩摩主導ではない雄藩連合政権が樹立できるかもしれないのだ。

(これは面白いことになった)

容堂は莞爾《かんじ》と笑うと、後藤に向かって、

「良策だ。やってみよ」

と命じた。後藤は、平伏して、さっそく仕《つかまつ》ります、と言上した。

後藤は海路、上方《かみがた》に上ると、さっそく幕府要人に説いてまわった。後藤は大風呂敷を広げる弁舌に長《た》けている。

「幕府を救う策はこれしかございませんぞ」

後藤の熱弁に誰もが耳を傾けた。

同時に、大政奉還策はかつて幕臣の大久保一翁が考案したものであることに誰もが気づいたが口にしなかった。

うっかり認めれば大久保の功績になってしまうことを警戒したからである。

土佐藩が大政奉還策を建白しようとしていると慶喜に伝えたのは若年寄格の永井《ながい》尚志《なおむね》だった。慶喜は永井の話を聞いて、とっさに、

(春嶽の策か——)

と疑った。

春嶽とはかねて莫逆《ばくぎゃく》の友である容堂から持ち出されていることからもそう思われた。

だとすると大政を奉還させることによって慶喜を政治の場から追い出し、春嶽が徳川の実権を握ろうというのではないか。

だが、永井は以前から後藤と接触があり、呼び出して大政奉還策について訊いたところ後藤は、自分の策だ、と手柄顔で話したという。

「いや、もう大層な勢いでございまして、もし容堂侯や他の方の入れ知恵ならば、あのように自慢することはできますまい」

永井の話を聞いて、慶喜はなるほどと思った。

春嶽を警戒しなくともよいのであれば、大政奉還はいまの苦境を乗り切る妙策に思

えた。

まだ表面化してはいないが、薩摩藩は九月十八日、大久保一蔵を長州に派遣している。大久保は長州藩主父子や木戸孝允（桂小五郎）、広沢兵助《ひろさわへいすけ》らと面談して倒幕の攻守同盟を固めている。一方、岩倉具視は倒幕の密勅を薩長二藩に降下させるべく動いていた。

鋭敏な慶喜はこれらの不穏な動きを察知し、神経を尖《とが》らせていた。それだけに、大政奉還策に魅力を感じたのだ。

土佐藩の構想は、朝廷のもとに諸侯からなる上院と庶民からなる下院の二院制とし、慶喜にも重要な役職を与えようとする公武合体策だった。

（大政を奉還したうえで、諸侯会議の筆頭として発言していけばよいのだ）

慶喜は自らの能力に、あふれるほどの自信を持っている。知略でも弁舌でも一対一で向かえば、自分にかなう大名がいるとは思えなかった。

あるいは、薩摩の西郷、大久保などというしたたかな藩士が出てきたにしても、自分の敵ではあるまい。

慶喜は、諸侯会議を引き回したうえで、大名たちに自分を大統領に選ばせてはどうか、と考えついた。そのうえで、帝のもと各藩を廃して、郡県を置くのだ。そうすれば、日本は統一国家となり、自分が率いることができる。

そこまで考えた慶喜は、
（そのためには薩摩と長州を潰さねばならぬ）
と気づいた。

慶喜が自らの国家構想を実現しようとすれば、必ず薩摩と長州が邪魔立てするに違いない。その前に叩き潰さなければならない。

大政奉還を急いで、諸侯会議を開催することだ。当然、諸侯会議の議長は、天領四百万石を治める最大の大名である自分だ、と慶喜は思った。

土佐藩が大政奉還の建白書を正式に提出したのは十月三日である。

十二日と十三日には、京に駐屯する幕府役人、諸藩の重臣が二条城の大広間に集められた。役人から大政奉還の趣旨が読み上げられ、一同、呆然《ぼうぜん》とした。

十三日の午後には、意見のある者は申し出るようにと告げられた。薩摩の小松帯刀、土佐の後藤象二郎、広島藩の辻将曹《つじしょうそう》、さらに宇和島藩の家臣など六人が残った。

慶喜は六人を傍《そば》近く呼び寄せ、大政奉還について雄弁に語った。

それに比べ後藤は、説明のため口を開くと襟元から大粒の汗をぽとぽと落とすほど緊張しており、役者の違いを見せつけることになった。

龍馬はこのとき、京に入っていた。

下宿で報せを待っていたが、夜遅くになって大政奉還実現を報せる後藤の書状が届

くと、一読するなり、

「将軍、今日のお心、さこそと察し奉る。よくも断じたまえるものかな、よくも断じたまえるものかな」

と大声で嘆じた。あたかも舞台上の贔屓《ひいき》役者に声をかけるかのようだった。

慶喜は十四日には参内《さんだい》して大政奉還の上奏文を提出した。朝廷は翌日、勅許した。これにより、徳川幕府は二百六十五年で亡んだのである。

同日、朝廷は十万石以上の大名諸侯を招集した。中でも、徳川慶勝、松平春嶽、島津久光、山内容堂、伊達宗城、鍋島閑叟、浅野《あさの》茂長《もちなが》、池田《いけだ》茂政《もちまさ》の八人は指名だった。当然、この八人が諸侯会議に列するものと見られた。

大政奉還の報せを春嶽は福井で聞いた。

慶喜が政権返上を決意したと知って驚いた。さらに、土佐の坂本龍馬が土佐藩を動かして大政奉還の建白にいたったと聞いて、

（あの漢《おとこ》が――）

と不思議なものを感じた。かつて、龍馬が神戸海軍操練所建設のため、勝海舟の使いとして福井を訪れた際、面会したことがある。

その縁が春嶽にとって悲願ともいうべき、大政奉還の実現につながったとはどうい

うことなのだろう。

(これで、日本はどうにかなるかもしれない)

春嶽は腹の底から喜びを感じた。その思いを詩に賦《ふ》した。

西走東奔　豈《あに》憂《うれ》う可《べ》けんや
十年の蹤跡《しょうせき》　萍浮《へいふ》に似たり
今機会に遭う　満腔《まんこう》の喜び
期し得たり　神州全盛の時を

春嶽にとって十年来の宿願が果たせ、将来への希望が大いに持てたのである。

そんなおり、龍馬が福井にやってきた。大政奉還から十数日後の十月二十八日のことである。

龍馬は横井小楠の弟子である福井藩士、三岡八郎に会いに来たのだ。三岡はこのとき、藩内の反対派の圧力を受けて、蟄居、謹慎の身だった。このため、龍馬との面会にも立会人がついた。

龍馬と会ったのは、足羽川の近くにある旅館、莨屋《たばこや》の二階だった。龍馬は立会人がいるにも拘《かか》わらず、

「三岡、話したいことが山ほどあるぜよ」

と叫んだ。そして早朝から深夜まで延々と日本の将来を語り合った。夜が更け、立会人が同席を遠慮したとき、龍馬は懐から出した紙を三岡に示した。

行灯《あんどん》の灯りで紙に記された文字を読んだ三岡の目がきらりと光った。

「坂本君、これは何じゃ」

「読めばわかるき。新政府綱領じゃ」

たしかに紙には八条からなる新政府綱領八策が示されていた。

第一義　天下有名ノ人材ヲ招致シ顧問ニ供フ

第二義　有材ノ諸侯ヲ撰用シ朝廷ノ官爵ヲ賜ヒ現今有名無実ノ官ヲ除ク

第三義　外国ノ交際ヲ議定ス

第四義　律令ヲ撰シ新ニ無窮ノ大典ヲ定ム律令既ニ定レバ諸侯伯皆此ヲ奉シテ部下ヲ率ユ

第五義　上下議政所

第六義　海陸軍局

第七義　親兵

第八義　皇国今日ノ金銀物価ヲ外国ト平均ス

人材を招致して政府に入れ、外交を行い、法律を定め、議会を置くほか、海軍、陸軍の整備から、金銀の価《あたい》や物価を外国と等しくすることまで言及しているところが経済通である龍馬らしかった。

三岡はふんと鼻を鳴らした。

「そんなことはわかっている。大本は横井先生の国是七条じゃろう。そこから想を得たに過ぎんじゃないか」

三岡に言われて、龍馬はからからと笑った。

「よう、わかるのう。さすがは三岡八郎ぜよ」

「からかうな。わたしが訊きたいのは最後の文言だ」

三岡は太い指で紙の文字を指した。そこには、

――〇〇〇自ラ盟主ト為リ此ヲ以テ朝廷ニ奉リ始テ天下万民ニ公布云云

と書かれている。〇〇〇と伏字にした人物が盟主となって新政府の内容を公布するというのである。

「〇〇〇とは誰だ。慶喜公か、それとも土佐の容堂侯か」

三岡は鋭い目で訊いた。龍馬はにやにやと笑って、

「いまは言えんのう」

と答えた。三岡は顔をしかめた。

「水臭いのう。なぜ言えんのじゃ」

「三岡八郎ほどの男がそねいなこともわからんのか。いま言えば、よってたかって潰されるからじゃ」

龍馬は真顔になって言った。

「それはそうかもしれんが」

三岡がなおも不満そうにすると、龍馬はにこりとした。

「わしがなぜ、いま福井に来ちょるか、そのことを考えればすぐわかることじゃろう」

三岡ははっとした。

「そうか、では大殿を――」

三岡が言いかけると龍馬は、

――叱《しっ》

と言って口に指をあてた。

「うっかりしたことを言うと、おまんは不忠者になるぜよ」

龍馬の言葉で三岡にもはっきりわかった。○○とは、

――春嶽侯
なのだ。しかし、そのことが漏れれば、薩長だけでなく、旧幕府の者たちも色めき立つかもしれない。

「なるほどのう。坂本君、お主は大山師じゃな」

三岡はうなった。

いま、時勢は薩摩藩が動かしている。大政奉還の後、王政復古となれば、実際の権力を握るのは諸侯会議の盟主だろう。

そこに春嶽を据えれば、薩摩藩にしてみれば、せっかく謀を積み重ねながら鳶《とんび》に油揚げをさらわれたことになる。

さらに慶喜始め旧幕府側から見れば、自分たちが政治の場から退場した後、それまで同僚であった春嶽だけが新政府の要職に就くのだ。旧幕府にとって新政府に入った春嶽は、

――裏切り者

ということになりかねない。これは絶対に口にしてはならないことだ、と思いつつ三岡は龍馬を見つめた。

龍馬はあたかも国の運命を左右する予言者であるかのように笑っている。

二十四

春嶽は朝廷からの上洛の命に従い、十一月二日、福井を出発、十一月八日、入京した。その足で二条城に赴き、慶喜の政権返上の英断を称《たた》えた。

慶喜は日ごろの英気はつらつぶりとは打って変わって、どこか気の抜けた様子だった。

（権勢の座から降りて、ただの人になったからだ）

春嶽は皮肉な思いを持った。慶喜は江戸では幕臣たちが青天の霹靂《へきれき》として、うろたえ騒いでいるようだ、と話したうえで、

「薩摩が上方へ兵を上らせているようだ。どうも不審だ」

とつぶやくように言った。春嶽は目を鋭くした。

「政権を奉還しましたうえは、もはや、何も恐れることはないかと存じますが、薩摩にその動きがあるとすれば、まさに怪しむべきでございますな」

「そうだ。薩摩はどうも余の帝への忠誠を信じておらぬところがある」

「さようなことはないと存じますが、それがしからも島津殿に話してみましょう」

春嶽が何気なく言うと、慶喜の顔からすっと表情が消えた。

「春嶽殿を煩わせては申し訳ないが、そう願えるとありがたい」

さりげない言い方だったが、春嶽には慶喜の考えていることがわかった。

（わたしが薩摩と手を組んでいるのではないか、と疑っているのだ）

不快だったが、政権返上という大事をなした後だけに、猜疑心が強まるのもやむを得ないと春嶽は思い直した。事態が落ち着くのを待とうと思った春嶽は、淡々と挨拶して慶喜の前を去った。

その後ろ姿を慶喜はじっと見つめた。

十一月十二日――

慶喜は永井尚志から、

――坂本龍馬

という土佐脱藩の浪人者のことを聞いた。龍馬は昨夜、永井を訪ねてきたのだという。

「浪人者の分際で不遜だな」

慶喜は不愉快そうに口を曲げた。

浪人の身で若年寄の永井を訪ねてくるからには、当世流行《はや》りの奔走家だろうが、身分をわきまえない無礼が許せなかった。

そう思いつつも、すでに政権を朝廷に返上したからには、永井には幕府若年寄という権威はないのだ、と気づいた。

そのことが、さらに慶喜を苦々しい思いにさせた。

龍馬は十日に土佐藩重役の福岡孝弟《ふくおかたかちか》に伴われて、二条城の北側、元大和郡山《やまとこおりやま》藩邸だった永井の役宅を訪れた。このとき、永井は留守だったため会えなかった。

翌日、龍馬ひとりで再訪したのだ。

龍馬は永井に会ったことについて、知人への手紙で、

――今朝永井玄蕃《げんば》方ニ参り色々談じ候所、天下の事ハ危《あやうし》共、御気の毒とも言葉に尽し不被申《もうされず》候（中略）実ハ可為《なすべき》の時ハ今ニて御座候。やがて方向を定め、シュラ（修羅）か極楽かに御供可申奉存《もうすべしとぞんじたてまつり》候

と書いている。

大政奉還後の政局こそが正念場で、地獄か極楽かいずれにしても、ともに行こうと話したというのだ。龍馬は永井を大政奉還について同意見の人物と見なしていたらしく、永井について、

――永井は天下の若年寄なるに、洒々落々《しやしやらくらく》、赤心を人の腹中に置くの雅量あり

と信頼していた。また、手紙の追伸では、

――彼玄蕃事はヒタ同心にて候

として同志であるかのように称していた。永井もまた、龍馬について福井藩の中根靫負に、

――(後藤)象二郎とは又一層広大にて、説も面白く之《こ》れ有り

として土佐の家老、後藤象二郎よりも高く評価し、人間的な魅力を感じたことも述べている。

永井はどうやら、龍馬こそが、土佐藩が打ち出した大政奉還策の発案者らしい、と慶喜に話した。さらに龍馬が薩摩と長州の仲立ちをして手を結ばせ、そのため、伏見奉行所から追われたことにもふれた。

そんな龍馬が近ごろ、福井に赴いたと話し、かねて横井小楠らと親しく、春嶽とも

面識があるらしい、と告げた。

永井がそこまで話すと、慶喜は、

――待て

と話を止めた。

永井が怪訝《けげん》な顔をすると、慶喜はひややかな口調で訊いた。

「その坂本なる者は薩長の尊攘派の仲間だということか」

「さて、そうも言えましょうが」

永井は何と言っていいかわからず、口ごもった。龍馬の動きは変幻自在で説明しようとするといかがわしくなってしまうのだ。

永井が当惑していると、慶喜は言葉を重ねた。

「さらに、坂本なる者は、春嶽殿の息がかかっているというのだな」

「さようでございます」

永井は思わず、あっさりと答えた。慶喜は冷たい笑いを浮かべた。

「どうやら、罠《わな》にはまったな」

「罠ですと」

「そうだ。土佐が大政奉還について言いだしたとき、余は一度は罠ではないか、と疑った。しかし、山内容堂は先祖が徳川家から受けた恩を忘れず、徳川のためを図るひとゆえ、さようなことはあるまいと思い直した。だが、やはり違ったようだ」

「違うと仰せになりますと」

永井は自分が言い出したことが、慶喜の思わぬ反応を引き出したことに困惑しながら訊いた。

「大政奉還は春嶽殿の持論であった。それを余に行わせるため、福井藩に出入りしていた坂本なる浪人を使ったのだ。坂本が薩長の尊攘派の一味でもあることも都合がよかったのであろう。余に政権を投げ出させ、一介の大名となったところで、薩長に討たせて、みずからは新政府の首領におさまろうという春嶽殿の謀だ」

「まさか、そのような――」

永井は息を呑《の》んだ。

「いや、そうに違いあるまい。坂本なる浪人がそなたのところに出入りしておるのは、余の動きを探るために相違なし」

慶喜はきっぱりと言い切った。

「さて、さようにはなかなか思えませぬが」

永井が正直に言うと、慶喜はじろりと睨《にら》んだ。

「ほう、さようなことを申すところを見ると、そなたも坂本を通じて春嶽殿に籠絡《ろうらく》されたのではないか」

永井は大きく頭《かぶり》を振った。

「決してさようなことはございません」

「そうか。しかし、その坂本なる者は伏見奉行所から追われておるのであろう。そなたの役宅は京都所司代の役所がある一角ではないか。さようなところにお尋ね者の浪人が出入りしておるのを京都見廻組《みまわりぐみ》は見過ごしておるのか」

「いえ、決してさようなことは」

永井は龍馬について今日、京都見廻組の佐々木《ささき》唯三郎《たださぶろう》から、捕縛したいという申し出があったのを抑えたことを思い出して背中に冷や汗をかいた。

慶喜は当惑した永井を見つめて、

「その坂本なる浪人は邪魔だな」

とつぶやくように言った。

「邪魔とは――」

永井は慶喜の意を測りかねた。

「邪魔とは、文字通り、邪魔だということだ」

慶喜は厳しい口調で言った。

政権を返上したからにはいまの徳川家には警察権はないものの、朝廷から、通常の事はこれまで通りに行うよう指示されていた。

だが、大政奉還を建白していまや政局の中心にいる土佐藩に縁のある龍馬を、勝手に捕えれば問題になるだろう。

それならば、ひそかに始末するしかない。永井が見廻組に指示しさえすれば、龍馬は殺されるだろう。

慶喜はわが意を忖度《そんたく》して龍馬を殺せ、とほのめかしているのだ。だが、永井は龍馬に好意を抱いていただけに、逡巡《しゅんじゅん》するものがあった。

慶喜は永井を見据えて、

——玄蕃頭《かみ》

とひと声発した。将軍としての威が籠《こも》った声だった。

「はっ、かしこまってございます」

永井は平伏した。そうするしかなかったのだ。

十四日夜——

再び、龍馬は永井を訪ねてきた。

この夜、龍馬は王政復古の動きがあることについて話し、

——決して兵力によらずして行わるべき条理あり

として武力衝突が避けられる見込みがあると強調した。永井は、

「それならばよいのだが」

と穏やかに答えるに止《とど》めた。

翌十五日、龍馬は宿所としていた河原町蛸薬師《かわらまちたこやくし》下ル、土佐藩邸出入りの商人、近江《おうみ》屋《や》の二階奥で、来談中であった中岡慎太郎《なかおかしんたろう》とともに不意を襲われ殺害された。

襲撃者については新撰組説と見廻組説とに分かれたが、後に箱館戦争で捕らえられた見廻組の今井《いまい》信郎《のぶお》は、「兵部省口書」で、

「組頭佐々木唯三郎の指揮により七名で襲撃した」

と述べた。また勝海舟は明治になっての日記で今井の自供にふれ、

——上より之指図有之ニ付挙事

と記した。旧幕府の上司からの指示で見廻組が龍馬を襲ったというのだ。

春嶽は龍馬が殺されたことを中根靫負から聞いて愕然《がくぜん》とした。

「誰が彼《か》の者を殺したのであろう」

春嶽が問いかけても靫負は答えなかった。靫負は龍馬が殺される前日、永井を訪れていた。

そのおり、永井はひどく龍馬のことを褒めていた。そのくせ永井の顔色は悪く、陰鬱な翳《かげ》りがあったのを靫負は見てとっていた。

十四日のことを思い出しつつ、靫負は手をつかえて、

「坂本龍馬のことはお忘れになったほうがよろしいのではございますまいか」

と春嶽に言った。

春嶽はじっと靫負を見つめて、意のあるところを察しようとした。しばらくして、

「そうか、忘れねばならぬか」

とつぶやいた。

龍馬は春嶽が抱いていた大政奉還という策を実現してくれた。だからこそ、殺されたのかもしれない、と思ったのだ。

春嶽は、靫負に届いた龍馬からの手紙を見せられたばかりだった。そこには、「新国家」の財政担当として三岡八郎の出任を求める旨が記されていた。

靫負は龍馬のことを振り払うように、

「時に、まもなく王政復古の大号令がかかることになりますぞ。そのとき、大殿はいかがなさいますか」

と話柄を変えた。

「そのことだ」

答えようとして春嶽は、ふと、これから自分と薩長の橋渡し役をすることになりそうだった龍馬がもうこの世にいないのだ、ということに気づいた。

(龍馬が殺されたことでわたしの行末も大きく変わるのかもしれない)

春嶽はあらためて龍馬の顔を脳裏に思い浮かべた。

二十五

大政奉還を建白した土佐藩の構想は、天皇のもとに諸侯からなる上院と庶民からなる下院の二院を置き、前将軍の徳川慶喜は諸侯の列に下るが、議長などの要職につけることで、公武合体の実をあげようとするものだった。

慶喜はフランス公使のロッシュから大名を中心とする五十人議会をつくり、石高に応じて投票権を設ける構想を聞かされており、新政府発足後も権力を握ることは不可能ではないと感じていた。

だが、岩倉具視とともに謀議を重ねていた薩摩の西郷吉之助、大久保一蔵は王政復古の大号令を行い、同時に慶喜には官位を辞し、所領を朝廷に返納する、辞官納地を求めようとしていた。

これは、参与会議において慶喜に煮え湯を飲まされた島津久光の意思であると同時に、〈安政の大獄〉で死線をくぐった西郷がついに幕府を見限ったということであり、さらには慶喜を強力な政敵と見る大久保が徳川を徹底して排除しなければならないと冷徹に判断した結果であった。

久光の胸中には徳川に島津がとって代わろうとする古めかしい天下取りの野望があり、西郷には斉彬以来の雄藩連合構想に向けて徳川を排除して前進しようとする決意があり、大久保には朝廷をいただき、諸侯を棚上げして各藩の有能の士で新政権をつくる思惑があった。

それぞれの相違については、口にしないだけに三人ともさほど気づかないまま、徳川排除という断固とした結論はゆるぎないものだった。

十二月九日――

御所の明治天皇の御前で、岩倉具視の上奏により王政復古の大号令が発せられた。

諸侯の出席者は、

松平春嶽

徳川慶勝

浅野茂勲《もちこと》

の三人だけだった。島津久光はこのころ脚気《かっけ》の症状が重く帰国していた。このため、薩摩の動向は西郷と大久保が握っていた。

すでに八日の夕方から深更にかけて行われた朝議で、長州藩主父子の入京の許可、三条実美ら八月十八日の政変で追放された公卿の赦免、さらに岩倉具視ら謹慎中の公卿の処分解除が決まっていた。

摂政以下の廷臣が退出した後、春嶽ら三人とわずかな者たちが残る中、薩摩、越前、芸州《げいしゅう》、尾張、土佐五藩の兵が御所の九門を固め、明治天皇臨御の下、御所内学問所において王政復古の大号令が発せられたのだ。

この大号令を受けて摂関、幕府などのこれまでの制度は廃止され、

総裁
議定《ぎじょう》
参与

の三職が設けられた。越前藩からは、春嶽が議定、中根靫負が参与に任命された。春嶽は旧幕府に続いて新政府でも重職に就いたのである。

九日夕方から山内容堂と島津茂久も参内し明治天皇の御前で小御所会議が行われた。西郷や大久保としては、王政復古の大号令の際に、慶喜に対する内大臣の辞職、徳

川家領の返納の勅命を出そうと目論《もくろ》んでいた。

だが、勅命を出そうという策謀については春嶽や容堂が抗《あらが》っており、結論は小御所会議に持ち越された。

明治天皇の外祖父である議定、中山忠能が開会を宣言した後、公家《くげ》たちから、

「徳川慶喜は大政を奉還したとはいっても、果たして忠誠の心から出たものかどうかはわからぬ。辞官納地を行うよう譴責《けんせき》すべきである」

との意見が出された。このとき、大名の席から膝を乗り出し、大声を発した者がある。

――山内容堂

だった。

微醺《びくん》を帯びている。

会議を前に酒を飲んだようだ。天皇の御前に酔って出るとは不敬だが、あえて暴言を吐いて会議を荒れさせるための布石なのかもしれない。

容堂は皮肉な目を公家たちに向けて、

「この会議に、今までの功績がある徳川慶喜を出席させず、意見を述べる機会を与えないのは何事であるか」

と言い放った。王政復古の第一の功労者は大政を奉還した慶喜である。そのことを

忘れてもらっては困る、と容堂は言い募った。正論だけに公家たちは沈黙するしかなかった。

容堂は一座を睥睨《へいげい》して、岩倉たちの策動を、

「幼冲《ようちゅう》の天子を擁して権柄《けんぺい》を私するものだ」

と手厳しく論断した。幼い天皇の陰に隠れて権勢を私物化しているというのだ。これに対して岩倉始め公家たちが目を怒らせて反論するのを春嶽が遮った。

警固する西郷に大久保が会議の様子を伝えたところ、

「短刀一本あればすむことでごわす」

と言い切った。このことを伝えると、岩倉は非情の覚悟を定めて議場に戻り、気配を察知した容堂が沈黙したため、慶喜擁護派は押し切られたとされたが、そんな事実はなかった。仮に岩倉が短刀を持って議場に臨んだとしても武術に長《た》けた容堂に一瞬で取り押さえられただろう。また、

――幼冲の天子

という言葉《ことば》尻《じり》を捉《とら》えられたとする話もなかった。容堂は言葉尻を捉えられても屈しない豪放な論争家で、

「ああ、さようでござったか」

のひと言で一蹴《いっしゅう》しただろう。火の出るような容堂の猛論と春嶽の水のような冷徹な

説得が岩倉と大久保を追い詰めたのである。

「何はともあれ、慶喜殿を出席させてはいかがか。そのうえで罪は罪として問われたらよい」

落ち着いた口調で春嶽は言い添えた。

穏やかな物言いながら、春嶽の言葉には徳川に辞官納地を求める岩倉と薩摩に対するひややかな憤りが込められていた。

新政府が発足したからには、その財源をいずれかに求めねばならず、新政権から締め出す狙いもあって徳川に目をつけたのだ。しかし、それでは戦国以来、この国に二百数十年の泰平をもたらした徳川の功績は顧みられないではないか。

さらに言えば、〈安政の大獄〉以来幕府がともすれば弾圧を行ってきたことも事実だが、尊攘派《そんじょう》の天誅《てんちゅう》騒動や長州藩の外国船砲撃などでこの国の行方を分断し、あるいは滅亡の危機に陥れた者たちの罪は問わないでよいのか。

いま、徳川が大政を奉還したのは、挙国一致で国難に対処するためである。旧怨《きゅうえん》を捨て〈公〉につかねばならない。

徳川はそうしたのだ。薩摩もそうすべきではないか。春嶽が言い終えると、すぐさま大久保が口を開いた。

「土佐侯、越前侯の仰せまことにごもっともではございますが、徳川慶喜公はこれまでにもたびたび言説を変えておられます。まずは辞官納地に応じられ、その真をお示しになるべきかと存じます。さもなくば王政復古の実がともないませぬ」

会議の流れとしては、徳川慶勝と松平春嶽が容堂を支援し、岩倉と大久保の案は島津茂久が賛同したのみで、趨勢《すうせい》は慶喜の許容に傾いた。

このため一時休憩となった。この休憩中、岩倉は浅野茂勲を説得して賛同を得た。これにより、会議の形勢は五分五分となった。浅野家の重臣、辻将曹が土佐の後藤象二郎に伝え、妥協を促した。辻は西郷らと謀り、薩長芸三藩同盟を成立させている。その一方で辻は後藤が進めた大政奉還策にも同調していた。

辻から、ここはいったん矛を収めて岩倉たちの案を通し、そのうえで策を講じた方がよいと説得された後藤はこの旨を容堂に伝えた。このままでは新政府発足と同時に分裂すると危ぶんだ容堂と春嶽は、

「まだ議論の余地はあろう」

と、決議に従うこととなった。

こうして夜半まで続いた小御所会議は決着し、松平春嶽と徳川慶勝が慶喜へ辞官納地の決定を伝え、慶喜が自発的にこれを申し入れるという形式をとることが決まった。

春嶽は篝火《かがりび》を焚《た》いて薩摩兵が警固する小御所を出ていこうとして、ふと薩摩の黒い軍服に身を包んだ巨軀《きょく》の男に目を留めた。

――西郷吉之助

である。

春嶽はつかつかと西郷に近づいた。西郷は春嶽に気づくと片膝をついてひかえた。

春嶽は西郷を見下ろした。

薩摩の方針がこの大男から出ていることを春嶽は知っていた。春嶽は西郷を見据えて言葉を発した。

「西郷、徳川がさほど憎いか」

西郷は顔をあげた。口辺に笑みを浮かべている。

「決して、さようなことはございもはん。いや、好き嫌いはありもすが、お尋ねは、政《まつりごと》の場にて、好悪の情によって徳川に辞官納地を迫るのか、ということでごわんそ。されば好悪にて決めはいたしもはんとお応《こた》えいたすよりございもはん」

春嶽はなおも西郷を見据えた。

「ならば問うが、そなたは斉彬侯以来、われらが幕府も外様《とざま》もなく、この国の者すべてが力を合わせ国難に対処すべく努めて参ったことを存じおろう。幕府が大政を奉還し、皆が力を合わせる時が参ったというに、あえて徳川を切り、内乱の種を播《ま》こうといたすのはなぜじゃ。斉彬侯の股《こ》肱《こう》の臣たるそなたらしからぬ振る舞いではないか」

鋭い声音で春嶽が問うと、西郷は大きく体をそらし、黒々とした目を春嶽に向けた。

篝火の灯《あか》りで西郷の目が輝いた。

「越前様には、もはや橋本左内殿のことはお忘れになりもしたか」

思わぬ問いに春嶽は眉をひそめた。

「何を申す。〈安政の大獄〉で非業の最期を遂げた橋本左内はわが忠臣ぞ。一日たりとも忘却いたすはずがない」

「それはようございもした。身分高き方は仕える者のことをお忘れになることがございもす。いや、仕える者だけではございもはん。農民、町人のことも忘れるのでごわす。じゃっどん、おいはひとの命に軽重はなかと思いもす。越前様はこの国の者、皆が力を合わせて国難に立ち向かうと仰せになられもした。ならば、恐れながらお尋ねいたしもんで、われらが守る国とはひとの命に軽重がある国でごわすか、なか国でごわすか」

「それは――」

春嶽は思わず言葉に詰まった。横井小楠ならば即答するだろうが、徳川一門として血筋を重んじて生きてきた春嶽にとって、ひとの命に軽重はない、という答えはそらぞらしいものになる。

西郷は微笑した。

「越前様はまことに嘘《うそ》偽りの無き御方と存じます。ただ、幕府は〈安政の大獄〉にて橋本左内殿を始め、無辜《むこ》の命を散らしもした。さらに慶喜公は無用の長州攻めを行いもした。この国に内乱の種を播かれたのは慶喜公じゃとおいは思いもす。それゆえ、とがめだてをせねばなりもはん。さもなくば、この国は相変わらず、身分高きひとのための国になりもす。おいはさような国を守ろうとは思いもはん」

「そういうことか」

春嶽は深々とため息をついた。

「得心いただけましてございもすか」

西郷が問うと春嶽はゆっくりと頭《かぶり》を振った。

「そなたの申すことはわかる。あるいはその通りなのかもしれぬ。しかし、武家の世はその祖先になにかの功が無かった家はひとつもない。その功ゆえに家が残り、子孫が生き長らえたのだ。それはそれで、この世の美しき流れではあるまいか。無論のこと、腐った枝葉は断ち切らねばなるまいが、それによって美しき流れを損なってはならぬとわたしは思う」

「そいはおいも同じことでございもす。それゆえ、腐った徳川の根を断たんと思っておるとでごわす」

「わたしはできれば守りたいと思っている」

「そいは徳川御一門様の定めでごわんそ」

西郷は、これ以上話しても無駄だというように口を閉ざした。

しばらく考えた春嶽は背をむけながら、

「左内のことをひさしぶりにひとの口から聞いた。嬉《うれ》しかったぞ」

と言った。

西郷はうなずいて応えた。

「おいも同じ思いにごわす」

小御所から出ていく春嶽の背中に燃え上がった篝火の火の粉が飛んだ。

翌日、春嶽は二条城の慶喜に小御所会議の決定を伝え、

「とりあえず、勅命に逆らわず、忠誠を示されるがよい。辞官納地はまだ先のことでござれば」

と諭した。いまの朝廷は王政復古の大号令を発したことで興奮の極致にあるが、間もなく冷静になれば、旧幕府との間を荒立てて内戦の危機を招くことは避けるはずだ、と春嶽は考えていた。

このとき慶喜はいつものようなすね者めいた反論はせず、十二日には旧幕臣や会津、桑名藩兵を率いて京を発し、大坂へ向かった。

薩摩との京での武力衝突を避けたのである。

慶喜が京を去ると同時に土佐の後藤象二郎は、かねて薩摩と土佐がかわした盟約に、

一、議事院を建立するは、宜《よろ》しく諸藩より其《そ》の入費を貢献すべし

とあることをあげて、

「新政府の財源は諸藩より出すはずでござろう。なぜ、徳川家だけの納地によってまかなおうとされるのか。おかしいではないか」

と主張した。後藤の押しつけがましいほどの雄弁は岩倉、大久保を追い詰め、新政府内部で孤立させた。結局、新政府の財政については徳川家だけでなく諸大名が分担することになり、徳川家の納地の意味は薄らいだ。

春嶽はこの結果を大坂に下って慶喜に伝えた。

同時に慶喜が近く上洛《じょうらく》すること、新政府の議定職へ就任することなども伝えた。小御所会議での徳川排除の流れは変わってきた。春嶽は徳川も含めた雄藩連合による政の運営に自信を深めた。

春嶽たちの巻き返しにより、薩摩の政治工作は敗北したかに見えた。

十二月二十五日――

江戸、三田《みた》の薩摩藩邸が庄内《しようない》藩兵によって焼き討ちされた。

この年、十一月以来、薩摩藩邸に匿《かくま》われていた尊攘派浪士たちが江戸や関東地方で豪商や豪農を襲い、攘夷《じようい》のための資金として金品を強奪する御用盗騒ぎが起きていた。薩摩藩士の伊牟田尚平《いむたしようへい》、益満休之助《ますみつきゆうのすけ》らが指揮していた。この破壊活動について、当初こそ西郷も認めていたものの、大政奉還後は控えるよう指示していた。しかし、いったん走り出した浪士たちの動きは止まらず、江戸市中の取り締まりを幕府から命じられていた庄内藩の屯所に鉄砲を撃ちかけるなどした。

また、このころ江戸城二ノ丸が全焼する火災があり、薩摩の仕業ではないか、という疑心暗鬼が広がった。

このため庄内藩では浪士の引き渡しを求め、薩摩藩がこれを拒むと藩邸を焼き討ちしたのである。

この報《しら》せを受けて西郷は、藩邸に匿っていた浪士たちも指図に従い、近ごろおとなしくなっていただけに、

——残念千万の次第に御座候

と親しい知人への手紙でもらした。

だが、この焼き討ちの結果、春嶽たちの努力によって進んでいた慶喜の上洛、新政府入りの動きは止まり、薩摩藩は戦意を固めた。

翌慶応四年（一八六八）一月三日、薩摩の陰謀を糾弾する、〈討薩の表〉を掲げ、京へ通じる鳥羽《とば》街道を北上した徳川軍に薩摩兵が攻撃を仕掛け、

――鳥羽・伏見の戦い

が始まった。この戦いで旧幕府軍は敗北、春嶽は福井の越前藩主茂昭への手紙で、

――偽勅官軍大勝を得、（中略）東兵飛散、憤懣《ふんまん》に耐えがたく候

と心情を吐露した。だが、いったん火ぶたを切った戦いは収まらず、七日には慶喜征討令が出され、坂道を転げ落ちるように時勢は動き、

――戊辰《ぼしん》戦争

へと雪崩《なだれ》を打っていくのだ。

二十六

鳥羽・伏見の戦いに勝利した新政府は、徳川慶喜追討を進めるとともに行政制度を

整えていった。三職の下に七科を設置、後に三職八局制とした。

この間、名目上、要職に任じられていた公家や諸大名は実務に疎《うと》かったため、しだいに各藩から召集された徴士《ちょうし》が実権を握っていった。

大政奉還、王政復古にいたる流れでは、実権は島津久光を始めとする春嶽や容堂らいわゆる賢侯にあったが、新政府成立後、志士上がりの官僚たちが、すべては自分たちの功績であったかのように主張していく。

三岡八郎が新政府によって召し出されたのは慶応三年十二月のことだった。役職は、

――御用金穀取り扱いの儀取り締まり

である。坂本龍馬が三岡の財政手腕を推薦していたことによるものなのは間違いなかった。

三岡は京に上ると、さっそく、春嶽に拝謁した。

江戸で薩摩藩邸が庄内藩によって焼き討ちされたころのことである。

春嶽は、憂悶《ゆうもん》の色濃い表情で三岡に、

「薩奸《さつかん》に入り、薩奸を破れ」

と命じた。この時期、春嶽はすべてが薩摩の陰謀によって動いていると見ており、

三岡に薩摩の懐に入って薩摩の思惑を打ち砕くことを期待したのだ。

「承りましてございます」

三岡はきっぱりと答えた後、顔をあげて、

「薩摩に対抗するとなると横井先生のお力が必要でございます。横井先生のお召し出しはいかがなっておりますでしょうか」

と訊《き》いた。春嶽はうなずく。

「すでに召命は下っているのだが、肥後藩が妨げておるようじゃ。しかし、いずれ横井も出て参るであろう。そうなれば、薩摩の謀《はかりごと》も破ることができよう」

さようでございますか、と三岡は喜色を浮かべた。かつて師弟で福井藩の改革をやりとげたように、今度は日本の改革をやるのだ、と想《おも》った。

すでに小楠は大政奉還の報を受けて春嶽に、

——即今の急務

を建言していた。

一、議事院を建て、上院は公武の有力者、下院は天下の人材を広く登用する。

一、勘定局を建て、五百万両の紙幣を発行し、信用の裏打ちのため諸藩が石高に応じて貢米を行う。

一、刑法局を設ける。

一、海軍局を兵庫に建て、幕府、諸侯の軍艦を集め、諸藩から人材を差し出させる。

一、外国との旧来の条約で不備なものは改正する。

一、海外交易を積極的に進める。そのためにロシア、イギリス、フランス、アメリカ、オランダおよび清国に日本商館を設ける。

一、外務にかかわる公使、奉行、鎮台の役人は一人は幕府から選び、そのほかは下院から選ぶ。

一、新政開始を公使をたてて各国に布告する。

八か条におよぶ国家運営に関する小楠の構想力にはやはり非凡なものがあった。

（小楠の考えを実現すればわが国は新たに生まれ変わる）

それは同時に西郷が求める、ひとの命に軽重をつけない国でもあるのではないだろうか。春嶽はそう思うのだった。

春嶽はこの時期、新政府で内国事務総督に任じられ、徳川の行末を案じつつも外国公使と接触し、開国の実務を執り行っていく。

　幕末以来、開国派だった春嶽にとって素志を果たすことになった。しかし、かつて開国を妨げてきた長州藩が加わった新政府の下であらためて開国の実務を行う春嶽の心境には複雑なものがあった。

小楠が京に出て新政府参与となったのは慶応四年四月のことである。

同じころ、西郷を総参謀とする東征軍は江戸に迫り、旧幕府側を代表する勝海舟との間で江戸城無血開城が行われた。

この報《しら》せが京にとどいたころ小楠は春嶽のもとに伺候《しこう》した。

明治と改元されるこの年、小楠は六十になっていた。眼光は鋭く、英気に衰えは見られなかったが、顔色が悪かったのは逼塞《ひっそく》が永く健康を損ねていたからだった。

それでも、小楠は闊達《かったつ》にアメリカに留学中のふたりの甥、左平太《さへいた》と大平《だいへい》について話した。ふたりはかつて勝海舟の設けた神戸海軍操練所や長崎の洋学所で学んだ後、小楠の援助でアメリカにひそかに留学していた。

左平太二十二歳、大平十七歳だった。

ふたりはオランダ改革派教会の紹介でニューヨーク南方のニュージャージー州のカレッジ付属予備校に入学した。やがてふたりのもとに藩命で洋学を学ぼうとする福井藩士日下部太郎《くさかべたろう》も合流し、これに若い薩摩藩士、畠山義成《はたけやまよしなり》や松村淳蔵《まつむらじゅんぞう》、吉田清成《よしだきよなり》らも加わっていくのである。

このとき、小楠がふたりに贈った詩が、

尭舜孔子《ぎょうしゅんこうし》の道を明らかにし
西洋器械の術を尽くす
何ぞ富国に止《とど》まらん
何ぞ強兵に止まらん
大義を四海に布《し》かんのみ
心に逆らうことあるもひとを尤《とが》むるなかれ
ひとを尤むれば徳を損ず
為さんと欲するところあるも心を正とするなかれ
心を正とすれば事を破る
君子の道は身を修むるにあり

というものだった。富国強兵を目的にするのではなく、大義を世界に広めるべきだ、という小楠の思想の高さは抜きん出ていた。

小楠は甥たちからアメリカの民主主義制度を聞いて、それこそが儒学が聖人とする尭、舜の理想の政だと思い、儒学の思想を極めることで政治の原理をつかもうとする自らに確信を抱いた。

小楠があらためて詩を詠じると、春嶽はため息をついた。

「世の中の動きは滔々《とうとう》として速く、若い者たちは将来を見据えてうごいているようだな。われらのような旧弊はいかにすべきかのう」

小楠は微笑した。

「将来はたったいま、何をなすかによって決まります。新政府は薩長のひきまわしによって動いているかのようでございますが、大殿は議定であり、三岡とわたしも政府に加わりました。われらが信じるところを行えばおのずと道は開けましょう」

「そうか、そうであって欲しいものだな」

春嶽は王政復古の大号令以来立ち込めていた暗雲が、吹き払われる思いがした。

「それにしても坂本龍馬は惜しいことをいたしました。彼《か》の者がおれば、薩長と大殿の間に立ち、得意の法螺《ほら》で薩長の者たちを煙《けむ》に巻いておりましたでしょうに」

「まことにそうだな」

春嶽はあらためて龍馬のことを思った。小楠と三岡、さらには龍馬がそばにおれば、新政府を動かしていくことも難事ではないと思えたのだ。

三岡は慶応四年一月、新政府の根本方針として、

——議事之体大意

として五か条を起草した。

一、庶民志を遂げ、人心をして倦《う》まざらしむるを欲す
一、士民心を一にし、盛んに経綸《けいりん》を行うを要す
一、知識を世界に求め、広く皇基を振起すべし
一、貢士期限を以《もっ》て賢才に譲るべし
一、万機公論に決し、私に論ずるなかれ

これを土佐藩出身の制度取調参与、福岡孝弟が修正し、その後、長州藩出身の参与、木戸孝允が加筆して議定兼副総裁の岩倉具視に提出した。

木戸の加筆による五か条が、万機公論に決すべし、で知られる、

——五箇条の御誓文

と呼ばれるようになった。この五か条は、日本国の国是として明治天皇の裁可を受け、慶応四年三月、京都御所で厳かな儀式が行われて誓約された。この年五月には上《うえ》野《の》の彰義隊《しょうぎたい》が敗走し、九月には会津藩が降伏、翌明治二年（一八六九）五月には旧幕

府海軍の榎本武揚《えのもとたけあき》らが籠《こも》った蝦夷地、五稜郭《ごりょうかく》での箱館戦争も終結する。

三岡の草案は師である小楠の考えを反映しており、いわば春嶽派の政治構想が新政府の根本方針に据えられたとも言えた。

春嶽は、ともすれば薩長が牛耳ろうとする新政府の中にあって、わずかに光明を見《み》出《いだ》したような思いがした。

しかし、思わぬ異変が起こった。

明治二年正月五日午後、激務で長く病床にあった小楠はひさしぶりに太政官《だじょうかん》に出仕した。

京都御所から駕籠《かご》で帰途に就いた小楠が寺町《てらまち》通りを進み、丸太《まるた》町を過ぎたところで、ざざっと足音をたてて駆け寄ってきた男たちがいた。

「横井――」

すでに抜刀していた男たちは小楠の名を呼んだ。乗っていた駕籠から転げ落ちるようにして飛び出た小楠は短刀を抜きながら、

(逃げられない)

と観念した。かつて刺客の一団に襲われたとき、小楠は刀を持っていなかったため、藩邸まで駆け戻った。その間に同席していた者が斬られ、小楠は、

――士道忘却

として指弾された。そのことは小楠の個人的な名誉だけでなく、政治活動にも障りとなって難渋した。

もし、ここで再び逃げれば、またもや非難されて、もはや世に立つことができないだろう。小楠は短刀を構えて、

（武士とは馬鹿げたものだ）

と思った。自分ほどの大才がある者がひとを斬ることしか能のない男たちと命のやりとりをしなければならないのだ。

短刀を振るって闘ったが、小楠はすでに還暦を過ぎており病身でもあった。気力を込めて刀を振るえたのは最初の数合で、瞬く間に斬り立てられた。斬りつけられ激痛が走って小楠は片膝をついた。そのとき、この国の行末を思った。さらに春嶽の顔が脳裏を過《よぎ》った。

（大殿、申し訳ござらぬ。またしてもお役には立てませなんだ）

気を失う瞬間、小楠は胸の中でつぶやいていた。

小楠を襲った刺客は、

石見《いわみ》郷士上田《うえだ》立夫《りつぷ》

備前の名主の悴《せがれ》土屋《つちや》延雄《のぶお》

十津《とつ》川《がわ》郷士前岡力雄《まえおかりきお》
ら旧尊攘派の男たちにほかの者を合わせた六人だった。

刺客たちは、新政府が外国人を受け入れる政策をとっているのは、小楠の献策によるものと誤解して襲ったのだ。斬奸《ざんかん》状には、

——今般夷賊《いぞく》に同心し天主教（キリスト教）を海内に蔓延《まんえん》せしめんとす

とあった。

小楠がキリスト教を広めようとしているという根拠のない言いがかりだった。小楠ほどの英才が刺客により暗殺されたことは新政府にとって痛手だった。しかし、このとき、新政府内部では奇妙な動きがあった。

政府内の尊攘派から犯人の助命論が起こったのである。この際、事件を捜査する弾《だん》正台《じょうだい》は、小楠には、

——『天道覚明論』

なる著書があり、この書では、血統に従って賢愚の別なく王位につくのは天理に反しているとの趣旨が書かれているとされた。すなわち天皇を誹謗《ひぼう》しているとして小楠を貶《おとし》めようとしたのだ。

この『天道覚明論』自体が偽書であることが明らかになり、犯人たちに梟首《きょうしゅ》、終身流罪の判決が下りたのは、翌明治三年十月のことだった。

いずれにしても明治初年に尊攘派以外の政府要人はしだいに遠ざけられ、その後、明治維新は尊攘派による革命であったかのように喧伝《けんでん》されていくのである。

二十七

小楠が暗殺されたとの報せは春嶽を嘆かせた。

（なぜ、これほどまでにわたしの頼みとする者たちは死んでいくのか）

橋本左内

坂本龍馬

の顔を思い出した。それぞれ、国を背負うにたる俊才たちだった。それにくわえて、今度は春嶽にとって伏龍《ふくりゅう》ともいうべき逸材であった、

横井小楠

を失ったのだ。若いころから、西欧列強が迫る国難に立ち向かおうとしてきたが、その道がことごとく閉ざされたかのようだった。

小楠が遭難した年、東京奠都《てんと》が行われ、春嶽は民部卿《きょう》に就任、さらに大蔵卿を兼職

した。九月には王政復古の功績により、正二位に叙せられた。旧幕府にあって政権を担当し、新政府にあっても中枢の要職に就いたのは春嶽だけである。

しかし、春嶽の心中は虚《むな》しかった。

この間、新政府の職制は目まぐるしく変わった。当初は「総裁」、「議定」、「参与」の「三職」を設置し、諸事神武創業の昔への復帰などを宣言し、天皇中心の新政府樹立を目指すとされていた。「総裁」は、三職の最高官職として、

――万機ヲ統ヘ、一切ノ事務ヲ裁決ス

とされて、有栖川宮《ありすがわのみや》熾仁《たるひと》親王が就任し、政務を統轄するはずだった。そして議定には、春嶽のほかに、仁和寺宮《にんなじのみや》純仁親王、中山忠能、島津茂久、徳川慶勝、山内容堂、山階宮《やましなのみや》晃《あきら》親王、正親町三条実愛、中御門《なかみかど》経之《つねゆき》、浅野長勲《ながこと》の九人が任じられ、その後岩倉具視、三条実美、伊達宗城、長谷《ながたに》信篤《のぶあつ》の四人が追加されたのである。また、参与には薩摩藩から井上《いのうえ》長秋《ながあき》、岩下《いわした》方平《まさひら》、大久保利通、五代《ごだい》友厚《ともあつ》、小松帯刀、西郷隆盛、寺島《てらしま》宗則《むねのり》、町田《まちだ》久成《ひさなり》、吉井《よしい》友実《ともざね》が入り、長州藩から伊藤《いとう》博文《ひろぶみ》、井上馨《かおる》、木戸孝允、広沢兵助等が入った。そのほかに福井藩の中根靫負、由利公正等が登用された。さらに尾張藩、熊本藩、佐賀藩、土佐藩、広島藩、宇和島藩、岡山藩、鳥取藩、大垣藩、柳《やな》川《がわ》藩等からも登用され、さながら雄藩連合の趣があった。

しかし、それも半年ほどで替わり、組織の変更のたびに薩長藩閥政府の色合いを濃

くしていくのだ。総裁の熾仁親王も、すぐに戊辰戦争における東征大総督として関東に出征してしまったため、実際には政務の中心となることはなかった。

翌慶応四年一月十七日、三職の下に神祇《じんぎ》・内国・外国・海陸軍・会計・刑法・制度の七科を置いて三職七科とし、同年二月三日には科を局として総裁局を設置し三職八局とした。また、このとき、総裁局に副総裁を置いて三条実美と岩倉具視をこれに任命し、実際の政務を執ることとなった。副総裁の月給は、総裁に準じて金千両と定められた。

同じ年の閏四月二十一日（一八六八年六月十一日）、五箇条の御誓文に基づく政治の基本組織を定めた政体書を発表した。政体書では、太政官を中心とした政治体制を採り、それまでの総裁をはじめとする三職は廃止された。

明治二年、薩長土肥の四藩主が版籍奉還を奏請、二年後、明治四年七月の、

――廃藩置県

という大改革まで奔流のように時代は動いていった。その流れを感じ取った春嶽は前年の明治三年七月に官職を辞した。

その後、春嶽は東京、隅田川河畔の新居にこもって『逸事史補』などの執筆活動を

専らにして政治の表舞台には出なかった。

そんな閑雅な日々を送る春嶽のかたわらには、妻の勇姫の姿があった。勇姫もまた、好きな和歌をつくって日を送り、仮にも心を乱すようなことはなかったが、明治十年の夏には憂《うれ》いの色を浮かべ、このころ発行されていた新聞を取り寄せるなどして読みふけるようになった。

勇姫の日ごろにない様子に興味を抱いた春嶽はある日、

「どうしたのだね」

と訊《たず》ねた。

勇姫は恥ずかしそうに、

「西南の役のことが気にかかりまして」

と言った。勇姫の実家は肥後熊本の大名、細川家である。それだけに今年二月に九州で薩摩の西郷が決起して勃発《ぼっぱつ》した、

――西南戦争

で熊本が主戦場となっていることが気になるのだろう。

春嶽にしても政治に関心を失ったかのような日々を送りつつも西郷の動向だけは気になっていた。かつて島津斉彬とともに将軍継嗣《けいし》問題に取り組んだころのことを知る者は、いまとなっては西郷だけだからだ。

さらに薩長の軽格武士たちが、維新回天の功績は自分たちにあり、と大きな顔をしてのさばる明治政府を笑止だと思っている春嶽が、唯一、

――志士

の名で呼べるのは西郷だけだったからでもあった。

西郷は明治二年六月、賞典禄永世二千石を賜り、九月には正三位に叙せられた。だが、朝廷出仕を断り、鹿児島に戻って執務役、次いで大参事として藩政改革を行った。その後も政府に出ようとはしなかったが、明治三年十二月、勅使岩倉具視と大久保利通（一蔵）、山県有朋《ありとも》が鹿児島を訪れ、西郷に上京の勅命を伝えた。

西郷は翌年二月に上京し、薩長土三藩からの親兵編制を行うとともに廃藩置県を断行した。その後、岩倉を全権とする遣外使節団が出発すると、留守政府の最高責任者となった。そして明治六年六月、朝鮮との国交樹立の交渉が暗礁に乗り上げると遣韓大使に任命してほしいと望んだ。

西郷の本心が戦争にあったかそれとも外交にあったか定かではないが、岩倉使節団が帰朝して開かれた閣議でいったん決定した朝鮮への使節派遣が取り消されると、憤って下野し、鹿児島へ戻った。

その後、西郷は、鹿児島で山野に猟に出るなど悠々自適の生活をおくり、各地の士族反乱にも呼応の気配を見せなかった。ところが今年、二月に突如、決起したのである。

「西郷のことが気になるのか」

春嶽が訊くと、勇姫はゆるゆると頭を振った。

「わたくしが気になるのは熊本のひとびとが戦《いくさ》で難儀をしているのではないかということだけでございます。西郷殿のことが気になるのは大殿様のほうでございましょう」

勇姫は微笑んで言った。

「そうかもしれぬな」

春嶽は苦笑した。

西郷が決起したのは、政府が鹿児島に密偵を送り、さらに鹿児島草牟田《そうむた》陸軍火薬庫の弾薬が、西郷に私淑する私学校生徒の手にわたるのを恐れ、ひそかに搬出をはかったところ、私学校生徒が激怒して火薬を奪ったためだという。

だが、このことが春嶽には不思議だった。幕末、尊攘派浪士たちの暴発を巧みに防ぎ、ここぞという勝負所で武力を使ってきた西郷がなぜ、若い者に流されるまま決起に踏み切ったのだろう。

(かつての西郷ならば考えられないことだ)

春嶽は徳川を守ろうとしたおり、西郷の打つ厳しい手に苦しめられただけに訝《いぶか》しく思った。

政府は、征討総督に有栖川宮熾仁親王、征討参軍に陸軍中将山県有朋を任命し鎮圧に向かった。この間、西郷軍は熊本鎮台が置かれた熊本城の攻撃に手間取った。やがて、九州に上陸し南下する政府軍と北上する西郷軍は、熊本北方の田原坂《たばるざか》で激突し、三月四日から二十日まで死闘が繰りひろげられた。

このとき、東京の新聞社は従軍記者を多数派遣して、生々しい戦況を伝えた。

勇姫が読みふけったのはこれらの新聞である。

「東京日日新聞」の記者、福地桜痴《ふくちおうち》は戦闘の模様を、

——（賊は）我が官軍が暁雨を冒して突進するに驚ろき勇気も挫《くじ》け防戦するの力なし（中略）官兵は此《この》勢に乗じ「すは勝軍ぞ追打せよ」と打掛打掛追立たれば、賊は枕を並べて討死し、さしもに猖獗《しょうけつ》なりし猪《いのしし》武者等も浮足になりて逃出し背より打たれて倒るもの数を知らず

と書いた。また、「郵便報知新聞」で「戦地直報」を手がけた若手記者で後に政治家になる犬養毅《いぬかいつよし》は、

——田原坂は死屍《しし》爛臭《らんしゅう》の気鼻を撲《う》ち（中略）頭脳へ迄《まで》薫し一歩も進み難き程なり

と伝えた。

勇姫は新聞を読み終えると眉をひそめた。

「戦は武家の常ではございますが、九州の戦はなにやら酷《ひど》い気がいたします」

「いまは、武家はない。士族だけだ。さらに政府軍は士族ではなく農民、町人の出も多かろう。その者たちが撃った鉄砲で勇猛な士族が死んでいくのだ。そう思えば酷かろう」

春嶽はため息をつく思いだった。

幕末には何とか内戦を防ごうと懸命の努力をした。だが、結局、戊辰の戦になり多くの命が失われた。

(わたしのしたことにどれほどの意味があったのか)

そう思えてならないのだ。

勇姫が首をかしげた。

「西郷というひとはなぜまた戦をされたのでしょうか」

「わからぬな。あの漢《おとこ》はまだ戦で世の中が変えられると思っているのかもしれぬな」

「変わるのでございますか」

「いや変わらぬ。戦はひとの心を傲慢《ごうまん》にするだけだ」

「戦をしたひとは驕《おご》り高ぶるということでございますか」

「そうだ。戦国の世の戦は家の戦いであった。それゆえ勝ったのは常に家であった。しかし、戊辰の戦からひとは家のためではなくおのれのために戦うようになった。それゆえ、勝てばすべては自分のおかげだと思い、驕るのであろうな」

「それでは武士とは申せますまい」

「そうだ、武士はいなくなったのだ」

今の世にいるのは主君への忠義の心を忘れ、そのうしろめたさを隠すために、ことさらに尊王を唱える化け物ばかりだと、春嶽は思った。

田原坂の激戦は、兵数と火力で優《まさ》る政府軍がついに西郷軍を圧倒して防衛線を突破した。これ以降、西郷軍は守勢に転じ、しだいに追い詰められていった。

四月には政府軍が鹿児島を占拠し、西郷軍は本拠地を失った。熊本の戦闘に敗れた西郷軍は、人吉《ひとよし》盆地に退いて再起を図ろうとした。

政府軍は人吉盆地に通じる七道から攻撃を行い、六月一日に人吉に突入した。

人吉が陥落すると西郷軍は宮崎に転じたが、すでに兵力は激減して敗色が濃厚だった。政府軍の攻勢の前に西郷軍はしだいに山間《やまあい》の狭い村へと追い詰められた。

西郷は、全軍の解散を命じ、従う者もわずか数百人という小勢で暗夜の可愛岳《えのだけ》を突破、政府軍の裏をかいて、九月一日、鹿児島に戻った。その後、政府軍五万が鹿児島に集結、小勢の西郷軍は城山《しろやま》に立て籠った。

その様子を新聞で読んだ勇姫は、

「もう、勝敗は決まりましたのに。なぜ西郷殿は降伏されぬのでしょうか。降伏すれば西郷殿はともかく、まわりの兵たちの命は助かりましょう。おのれが死んで兵の命を救うのが大将たる者の務めでございましょう」

「すでに、あまりに兵が死に過ぎた。いまさらそれはできぬのかもしれぬ」

春嶽が言うと、勇姫は一瞬顔をこわばらせて、

「愚かな――」

と吐き捨てるように言った。

はたして西郷は愚かなのだろうか、と春嶽は考えた。たしかに大名ならば敗戦に際し、自害してでも家臣の命を救うだろう。

だが、西郷と西郷軍の兵たちは主従ではない。言うならば、

――同志

だろう。対等である同志になり代わって死ぬことはできない。できることがあるとすれば最期までともにいることだけなのかもしれない。

春嶽は暗澹《あんたん》とした。

城山に立て籠る西郷軍三百五十人を包囲した政府軍は九月二十四日、午前三時五十分の号砲三発を合図に総攻撃を開始した。

午前九時までに西郷軍の陣地は陥落し、西郷始め桐野《きりの》利秋《としあき》、村田《むらた》新八《しんぱち》ら西郷軍の幹部はことごとく戦死した。

政府軍の総攻撃により西郷らが死んで戦争が終結すると、この日の午後には東京日日新聞の号外が市中に出回った。号外では、

――只今賊の根拠を陥いれ、西郷桐野村田戦死せり

という政府軍電信が引用されていた。

勇姫はさっそく号外を執事に買わせて読んだが、もはや西郷のことは口にしなかった。

十月に入って郵便報知新聞は犬養の「戦地直報」を掲載した。

――戦全く止む。諸軍喧呼《けんこ》して曰《い》ふ。我れ西郷を獲《え》たり、我れ獲たりと。而《しか》して西郷の首、果して誰が手に落ちるを知らざるなり（中略）英雄の末路つひに方向を錯《あやま》り、屍《しかばね》を原野に晒《さら》すと雖《いえど》も、戊辰の偉功国民誰が之《これ》を記せざらんや

城山の戦場では西郷が死ぬなり、政府軍の兵たちが自分が西郷を討ったのだ、と功を争った。その傍らで犬養が、しみじみと戊辰の英雄の死を悼《いた》んでいた。

春嶽は珍しく新聞を読んで西郷の死を思った。すると、そばにいた勇姫が、

「大殿様、ご存じでございますか」

と訊《たず》ねた。

「何をだね」

「西郷殿はわが家の橋本左内への思いが深かったのだそうでございますね」

「どうしてそう思うのだ」

「実家の者が新聞記者から聞いたそうでございます。西郷殿が最期まで持っていたカバンには左内の手紙が入っていたそうでございます」

「それはまことか」

春嶽は息をのんだ。

勇姫は真剣な表情で深々とうなずく。

「はい、間違いないそうでございます。何でも橋本から慶喜公のことについて報せた手紙だったそうでございます」

そうか、将軍継嗣問題のころの手紙か、と春嶽は思い当たった。同時に、小御所会

議のとき西郷が、

「越前様には、もはや橋本左内殿のことはお忘れになりもしたか」

と訊いたことを思い出した。

西郷は死ぬまで左内のことを忘れなかったのだ。それだけではない。若いころ国を守ろうと思い立った志を最期まで抱きつづけたということでもあるのだ。それは天を翔《か》けるような志であったに違いない。

春嶽もそんな志を持った。妨げるものが多く、なぜ成就できないのかと苦悶《くもん》したが、それは西郷も同じだったかもしれない。

しかし、西郷は志を捨てぬまま世を去ったのだ。

そう思うと春嶽の目から涙があふれた。

西郷を悼んでのものなのか、苦難の中、生きてきた春嶽自身への哀惜の涙なのかはわからなかった。

明治二十三年、松平春嶽は東京、小石川関口台《せきぐちだい》町邸で逝去した。享年六十三。

辞世の和歌が残されている。


　なき数によしやいるとも天翔《あまかけ》り御代《みよ》を守らむ皇国《すめぐに》のため

主な参考文献

川端太平『松平春嶽』吉川弘文館（人物叢書　新装版）一九九〇年

圭室諦成『横井小楠』吉川弘文館（人物叢書　新装版）一九八八年

山口宗之『橋本左内』吉川弘文館（人物叢書　新装版）一九八五年

高木不二『横井小楠と松平春嶽』吉川弘文館　二〇〇五年

三上一夫『幕末維新と松平春嶽』吉川弘文館　二〇〇四年

三上一夫ほか・編『松平春嶽のすべて』新人物往来社　一九九九年

源了圓ほか・編『横井小楠のすべて』新人物往来社　一九九八年

『天下の事成就せり　福井藩と坂本龍馬』福井市立郷土歴史博物館　二〇〇四年

角鹿尚計・訳注　現代語訳『逸事史補』福井県観光営業部ブランド営業課　二〇一一年

ほか

解説

朝井まかて

淡々とした筆致で、〝歴史の証言〟を積み重ねた小説だ。

主人公は越前《えちぜん》の松平春嶽《まつだいらしゅんがく》。島津斉彬《しまづなりあきら》（薩摩《さつま》）・山内容堂《やまうちようどう》（土佐《とさ》）・伊達宗城《だてむねなり》（宇和《うわ》島《じま》）と共に「四賢侯」と謳《うた》われ、「大政奉還」の実現に功多く、維新政府に参画した数少ない大名の一人でもある。にもかかわらず、歴史小説では主人公に据えられることの少ない人物だ。

ではなぜ、葉室麟《はむろりん》は春嶽を書かねばならないと思ったのか。

まず、幕末から明治にかけての歴史を俯瞰《ふかん》するのに春嶽が最も偏《かたよ》りのない人物であったことが挙げられるだろう。そしてもう一つ。春嶽は歴史の敗者とは位置づけられないけれども、開国論の先駆者として歩んだのはやはり茨《いばら》の道であった。挫折《ざせつ》の多い政治人生であったのだ。

ここで松平春嶽の出自を辿《たど》っておきたい。諱《いみな》は慶永《よしなが》、春嶽は号である。文政《ぶんせい》十一年

(一八二八)、江戸城内の田安《たやす》邸で生まれた。言うまでもなく田安家は御三卿《ごさんきょう》(田安・一橋《ひとつばし》・清水《しみず》)の一家であり、始祖宗武《むねたけ》は八代将軍吉宗《よしむね》の次男、家格は御三家(尾張《おわり》・紀伊《きい》・水戸《みと》)に次ぐ。

当然のこと徳川《とくがわ》一門との血縁関係は深く、まず春嶽の祖父が一橋家の二代だ。十一代将軍家斉《いえなり》は春嶽の伯父、十二代将軍家慶《いえよし》はいとこ、春嶽の長兄は尾張家を継いで十二代藩主、次兄は一橋家、弟は田安家を継ぎ、末弟も尾張家を継いで十三代藩主となる。

そして春嶽は越前家の養嗣となり、越前十六代藩主となった。

骨の髄まで徳川の家門大名である。だが先見の明に富んだ春嶽は諸大名に先駆けて「開国」を唱え、と同時に「尊王《そんのう》」であった。

ところが時の帝《みかど》、孝明《こうめい》天皇は徹底した鎖国攘夷《じょうい》論であった。春嶽の政治活動の最盛期は十九歳から四十二歳と思《おぼ》しいが、これは孝明天皇の在位期間とほぼ一致する(『松平春嶽』川端太平《かわばたたへい》・日本歴史学会編集・吉川弘文館)。ただし孝明天皇は戦を好まず、嫌幕派でもない。政権はこれまで通り、徳川幕府に委任しておくのを是としていた。

日本は神と仏の両方を受け容《い》れ、同心円のように共存させてきた国柄だ。政治構造も特異で、帝と将軍、京の朝廷と江戸の幕府が同時に存在して泰平を守ってきた。世界に類を見ない構造であるが、安政《あんせい》三年(一八五六)からおよそ六年の間アメリカ総領事として在日したタウンゼント・ハリスは、日本政府＝徳川幕府であり、主権者＝大君《タイクン》（将軍）であると理解し、交渉に臨んでいた。

　春嶽は安政三年の時点で開国論を鮮明にしたが、先述の孝明天皇や朝廷と敵対したわけではない。徳川家や幕府を守るのに汲々《きゅうきゅう》としたわけでもなく、日本の国のありよう、国際社会での立国、将来性を本位として考えた。ゆえに幕政改革に尽くし、「公武合体」の可能性を模索する。それが行き詰まると「雄藩連合による公武合体」を推進、それも破綻《はたん》すると「大政奉還」へと大きく舵《かじ》を切った。

　大政奉還が成り、「王政復古」の大号令が発せられた。その後、有名な小御所会議が開かれた本作の場面は非常に印象深い。

　岩倉具視《いわくらともみ》と薩摩側は慶喜《よしのぶ》の内大臣辞職、徳川家領の返納を求め、新政府から徳川家を排除しようとする。春嶽は山内容堂と共に冷徹に反論する。

　いま、徳川が大政を奉還したのは、挙国一致で国難に対処するためである。旧《きゅう》怨《えん》を捨て〈公〉につかねばならない。徳川はそうしたのだ。薩摩もそうすべきではないか。

　会議を終えた春嶽が小御所を出ていこうとして、ふと目に留めた人物がある。薩摩の黒い軍服に身を包んだ西郷吉之《さいごうきちの》助《すけ》だ。

篝火《かがりび》の灯《あか》りの下、春嶽は問う。

「徳川がさほど憎いか」

すると西郷は安政の大獄で刑死した橋本左内《はしもとさない》の名を挙げ、徳川家の処遇について己の考えを吐露する。

「この国に内乱の種を播《ま》かれたのは慶喜公じゃとおいは思いもす。それゆえ、とがめだてをせねばなりもはん。さもなくば、この国は相変わらず、身分高きひとのための国になりもす。おいはさような国を守ろうとは思いもはん」

痛烈な信念だ。対して春嶽は武家の世を、すなわち泰平の世を二百数十年も守ってきた徳川家を「この世の美しき流れ」と表現する。

「腐った枝葉は断ち切らねばなるまいが、それによって美しき流れを損なってはならぬ」

「そいはおいも同じことでございもす。それゆえ、腐った徳川の根を断たんと思っておるとでごわす」

「わたしはできれば守りたいと思っている」

「そいは徳川御一門様の定めでごわんそ」

相容れない二人の問答は真率で、静謐《せいひつ》だ。薪の爆《は》ぜる音だけが聞こえてくる。

ところが春嶽は次の言葉で、張りつめた夜闇に風を通す。

「左内のことをひさしぶりにひとの口から聞いた。嬉《うれ》しかったぞ」

西郷も「おいも同じ思いにごわす」と答える。

このやりとりは、本作の重要なテーマを浮き彫りにしている。

――ひとは思想、主義主張、出自、立場が異なっても互いに認め合い、心を通わせることができるか。

共通点があれば、群れることは容易《たやす》い。しかしそれは付和雷同や忖度《そんたく》につながりやすく、幕末に起きた多くの非情、非道な戦、殺傷事件も「同じであること」に安住した思考停止によるものではないか。翻って、主義や生き方の違う相手と渡り合い、互いに認め合うことの困難さも本作は語っている。

だからこそ、この問答は二人の将来まで示唆して秀逸、しんしんと切ないほどに美しい。

本作に通底するテーマはもう一つある。

――使命を果たす者として〝私〟を捨てられるかどうか。

この問いかけだ。

幕末の政治は「尊王攘夷」と「佐幕開国」の二極で語られることが多いが、先述の通り、尊王、佐幕、攘夷、開国、公武合体、倒幕、それぞれ派生時期も企図するところも異とする別のものだ。しかしやがて紆余曲折《うよきょくせつ》、複雑怪奇の様相を帯びるのは、そこに〝私〟の野心、妬心《としん》、遺恨が絡みつくためだ。高々と掲げられたスローガンは、保身や権勢欲、立身欲の隠《かく》れ蓑《みの》になった。己《おの》が信念をいつしか四捨五入し、私利私欲に走った者のいかに多かったことか。

徳川幕府最後の将軍となった慶喜の描かれ方などは、じつに象徴的だ。英明で知られた慶喜が自身の面目、プライドに拘泥し、つまりは〝私〟を捨てられぬことで将たる道を誤る。坂本龍馬《さかもとりょうま》暗殺事件の真相として描かれる場面など、権力者の感情の無慚《むざん》を間近で見たような気がして心胆を寒からしめる。貴公子はあまりにも小心であった。

幕閣、諸藩諸侯の間の争いも凄《すさ》まじい。国の存亡がかかった難局においても、姑息《こそく》な妬心や怨恨《えんこん》の腐臭が漂い続ける。

だが春嶽は〝中庸〟の道を模索し続けた。

旗色を鮮明にしつつも権謀術数を用いず、政治手法は調和型だ。豪放磊落《ごうほうらいらく》、才気《さいき》煥《かん》発《ぱっ》の派手さがなく、他を出し抜こう、裏を搔《か》こうという奸智《かんち》を回《めぐ》らせない。歴史小説の主人公になりにくいわけだ。

春嶽は譲る、辞退する、憚《はばか》る。

激情猛進型の政治家からすればあまりに誠実に過ぎ、妥協的にも見えただろう。ゆえに幕府の重職を追われ、あるいは自ら退き、徹底した尊王であるにもかかわらず

「朝敵」と非難されもした。

だが〝破私立公〟という点において、春嶽は現代に至ってもなお稀有《けう》な為政者なのである。

〝私〟を捨て、民を本とする〝公〟を立て通した春嶽がいたからこそ明治維新はフランスやロシア、中国のごとき激烈な革命ではなく、大政奉還という「政権交代」に留《とど》まったのだ。戊辰戦争《ぼしんせんそう》、西南《せいなん》戦争は起きたけれども、長い歴史を見渡せば緩やかな回天を成し遂げたといえよう。

葉室麟はこの政権交代を東洋哲学に基づく日本独特の「禅譲」と、インタビューで表現している。ゆえに春嶽の政治人生と歴史的意義を現代に伝えておかねばならないと決意して、『天翔《あまか》ける』を起稿したのではないだろうか。

終盤、西南戦争で自刃する西郷への思いを描いた条《くだり》も胸に迫って余りある。

維新成った後、薩長《さっちょう》の軽格武士たちが維新回天の功績は己らにありと大きな顔をしてのさばっている明治政府を、春嶽は「笑止」と思う。そして「志士」と呼べるのは唯《ただ》一人、西郷だけだと内心が明かされる。春嶽は西郷の姿に、最後の武士《もののふ》を見たのだろう。

義のため、真なる同志と共に闘う。

天を翔《か》けるような志を捨てぬまま世を去ったと、春嶽は西郷の最期を思い落涙する。そしてこの涙は苦難の道を歩いた自身への哀惜かと、両義をもたせた文章が続く。これはまさしく、春嶽の艱難辛苦《かんなんしんく》の人生に寄せる著者の哀惜であるだろう。

葉室麟の歴史観は膨大な知に基づく冷静な分析によって透徹しているが、その根底には一人ひとりへの深い情が常に流れている。春嶽の『天翔ける』と『大獄　西郷青嵐賦』を併せ読めば、まるで漢詩の対句のように響き合う。

幕末から維新という歴史への、葉室麟の挽歌《ばんか》だ。

この『天翔ける』の初版発行日は二〇一七年十二月二十六日。葉室さんが亡くなったのは、その三日前の十二月二十三日だ。見本が作者の手許《てもと》に届くのは発行日の数週間前がおおむねであるから、本作は生前の葉室さんの許に届いた最後の作品ということになる。

奇《く》しくも、あと数日で葉室さんのお命日という日に私はこの解説を書いている。

悲しさはもう乗り越えた。ただただ淋《さび》しいだけだ。

生きておられたら、今の時勢を何とおっしゃるだろう。コロナ禍について、あの映画について、あの小説についても意見を聴きたいなあ。語り合いたい。小説界における葉室麟の不在という空虚も、埋めようがない。

けれどもこうして、数多《あまた》の優れた歴史小説、時代小説を遺《のこ》してくれた。葉室さんの作品は読者の人生と共に生き、道を照らし続ける。

私も執筆を終えたら、またページを繰るだろう。

あの莞爾《にこ》と微笑《ほほえ》む温顔を思いながら、励まされよう。

本書は、二〇一七年十二月に小社より刊行
された単行本を文庫化したものです。

天《あま》翔《か》ける

葉《は》室《むろ》 麟《りん》

令和3年 2月25日 初版発行
令和6年 11月25日 4版発行

発行者●山下直久

発行●株式会社KADOKAWA
〒102-8177 東京都千代田区富士見2-13-3
電話 0570-002-301(ナビダイヤル)

角川文庫 22561

印刷所●株式会社KADOKAWA
製本所●株式会社KADOKAWA

表紙画●和田三造

●お問い合わせ
https://www.kadokawa.co.jp/（「お問い合わせ」へお進みください）
※内容によっては、お答えできない場合があります。
※サポートは日本国内のみとさせていただきます。
※Japanese text only

ISBN 978-4-04-110894-9 C0193

角川文庫発刊に際して

角川源義

第二次世界大戦の敗北は、軍事力の敗北であった以上に、私たちの若い文化力の敗退であった。私たちの文化が戦争に対して如何に無力であり、単なるあだ花に過ぎなかったかを、私たちは身を以て体験し痛感した。西洋近代文化の摂取にとって、明治以後八十年の歳月は決して短かすぎたとは言えない。にもかかわらず、近代文化の伝統を確立し、自由な批判と柔軟な良識に富む文化層として自らを形成することに私たちは失敗して来た。そしてこれは、各層への文化の普及滲透を任務とする出版人の責任でもあった。

一九四五年以来、私たちは再び振出しに戻り、第一歩から踏み出すことを余儀なくされた。これは大きな不幸ではあるが、反面、これまでの混沌・未熟・歪曲の中にあった我が国の文化に秩序と確たる基礎を齎らすためには絶好の機会でもある。角川書店は、このような祖国の文化的危機にあたり、微力をも顧みず再建の礎石たるべき抱負と決意とをもって出発したが、ここに創立以来の念願を果すべく角川文庫を発刊する。これまで刊行されたあらゆる全集叢書文庫類の長所と短所とを検討し、古今東西の不朽の典籍を、良心的編集のもとに、廉価に、そして書架にふさわしい美本として、多くのひとびとに提供しようとする。しかし私たちは徒らに百科全書的な知識のジレッタントを作ることを目的とせず、あくまで祖国の文化に秩序と再建への道を示し、この文庫を角川書店の栄ある事業として、今後永久に継続発展せしめ、学芸と教養との殿堂として大成せんことを期したい。多くの読書子の愛情ある忠言と支持とによって、この希望と抱負とを完遂せしめられんことを願う。

一九四九年五月三日